Colleen Reece

SCHULGELÄUT UND HOCHZEITSGLOCKEN

W0284464

Colleen Reece

Schulgeläut und Hochzeitsglocken

francke

Bibliografische Information Der Deutschen Bibliothek
Die Deutsche Bibliothek verzeichnet diese Publikation in der Deutschen Nationalbibliografie; detaillierte bibliografische Daten sind im Internet über http://dnb.ddb.de abrufbar.

ISBN 978-3-86827-145-4
Alle Rechte vorbehalten
Copyright © Mary Davis
Originally published in English under the title
School Bells and Wedding Bells
by Barbour Publishing, Inc., 1810 Barbour Drive,
Uhrichsville OH 44683, USA
All rights reserved
German edition © 2010 by Verlag der Francke-Buchhandlung GmbH
35037 Marburg an der Lahn
Deutsch von Silvia Lutz
Coverfoto: © iStockphoto.com / stonerobertc
Anyka © www.fotolia.de
Umschlaggestaltung: Verlag der Francke-Buchhandlung / Christian Heinritz
Satz: Verlag der Francke-Buchhandlung GmbH
Druck: Bercker Graphischer Betrieb, Kevelaer

www.francke-buch.de

Denn meine Gedanken sind nicht eure Gedanken,
und eure Wege sind nicht meine Wege, spricht der HERR,
sondern so viel der Himmel höher ist als die Erde,
so sind auch meine Wege höher als eure Wege
und meine Gedanken als eure Gedanken.

Jesaja 55,8-9

Kapitel 1

Boston, Massachusetts, Ende der 1890er-Jahre

Sonnenstrahlen bahnten sich einen Weg durch die grauen Frühlingswolken und erleuchteten die eindrucksvollen Buntglasfenster des Vorraums von Bostons größter Kirche. Die Lichtstrahlen verwandelten Meredith Rose Macrae in ein lebendes Mosaik. Blaue, grüne und rosa Tupfer funkelten auf ihrem weißen Satinkleid und dem Kranz aus Orangenblüten, der den Brautschleier auf ihrem Kopf hielt. Sie berührten zärtlich ihr weißes Gebetsbuch, das mit Schleifen und Lilien geschmückt war.

Das warnende Rollen eines Donners in der Ferne vermischte sich mit den perfekt abgestimmten Tönen der mächtigen Orgel und erinnerte daran, dass der März, der lammfromm begonnen hatte, sehr leicht das Temperament eines brüllenden Löwen annehmen könnte.

Der siebenundzwanzigjährige Marcus Macrae, ein dunkelhaariges Ebenbild seiner Zwillingsschwester, kämpfte gegen den Ärger an, der wie ein Sturm unter seiner eleganten Hochzeitskleidung brodelte. *Herr, wie soll ich es Merry nur beibringen? Wird es ihr das Herz brechen? Wird es ihr den Mut nehmen?* Er warf einen Blick auf seine Schwester, die schon seit ihrer frühesten Kindheit ihr Leben selbst bestimmte, und blickte dann verstohlen auf seine Taschenuhr. Die winzige Hoffnung, an die er sich geklammert hatte, verließ ihn. Herbert kam nicht.

Herbert. Marcus streckte seine Finger, die er unbewusst zu Fäusten geballt hatte. Er verabscheute Herbert Calloway seit dem Moment, in dem er ihn das erste Mal gesehen hatte. Marcus schüttelte den Kopf. Ein Prediger des Evangeliums sollte solche Gefühle nicht haben, aber sie regten sich trotzdem in seinem Herzen. Oft hatte er schon reumütig gemurmelt: „Wenn ich für jede Stunde, die ich auf den Knien verbracht und Gott gebeten habe, mir diese Gefühle zu vergeben, einen Dollar bekäme, wäre ich reicher als Krösus." Am liebsten würde ich meine Schwester entführen und sie irgendwo verstecken, bis sie erkennt, wie Calloway wirklich ist!"

Die Zeit und Marcus' zahlreiche Gebete hatten kaum dazu beigetragen, ihn für seinen künftigen Schwager zu erwärmen. Herberts hochnäsige Art, seine zurückgekämmten, glatten Haare und sein modischer schwarzer Schnurrbart entfachten in Marcus den primitiven Wunsch, mit diesem Schnösel den Fußboden aufzuwischen. Wie konnte Merry nur einen solchen Mann lieben?

Marcus schüttelte den Kopf und sah seine Zwillingsschwester vor sich: nicht die Frau, die heute vor ihm stand, an dem Tag, der der glücklichste Tag ihres Lebens sein sollte, sondern das Mädchen, das sie von frühester Kindheit an gewesen war ...

Meredith Rose Macrae hatte den Weg ihres Lebens festgelegt, noch bevor sie zehn gewesen war. Schule und Mädchenpensionat. Reisen. Liebe, Heirat, Kinder und ein glückliches Leben bis an ihr Lebensende. Schon als Kind hatte sie Haare, die so schwarz waren wie Ebenholz und selbstbewusste blaue Augen. Immer hatte sie bekommen, was sie wollte. Marcus hatte amüsiert beobachtet, wie seine Zwillingsschwester ihre ersten drei Ziele planmäßig erreichte. Bevor Gott ihn zu höheren Aufgaben berufen hatte, hatte er Merry auf ihren Reisen rund um die Welt begleitet. Den Scharen von hoffnungsvollen Männern, die die wohlhabende junge Frau umwarben, gelang es nicht, ihr Herz zu erobern. Genauso wenig hatte Marcus bis jetzt eine Frau getroffen, mit der er den Rest seines Lebens verbringen wollte.

Ehe die Zwillinge sich versahen, war ihr dreiundzwanzigster Geburtstag gekommen. Marcus würde den Tag im Mai, an dem seine Schwester voll Panik zu ihm gelaufen kam, nie vergessen. Er hatte gerade in der Stille der Bibliothek, die mit wertvollen Teppichen und einer eleganten Holztäfelung geschmückt war, eine Entscheidung getroffen, die sein Leben verändern würde, und überlegte, wie er Merry seinen Entschluss schonend beibringen könnte. Würde sie ihn verstehen, oder würde diese Entscheidung die erste wirkliche Kluft zwischen ihnen aufreißen?

„Was soll ich nur machen?", fragte sie händeringend und ließ sich in den eleganten Sessel neben dem massiven Kamin, in dem ein gemütliches Feuer loderte, fallen. „Es war so schön, sich die ganze Welt anzuschauen. Aber ich hätte mir nie träumen lassen, dass sich durch meine Reisen die Reihen der standesgemäßen Verehrer so stark lichten würden! Marcus, wenn nicht bald etwas passiert, stehe ich ernsthaft in Gefahr, eine alte Jungfer zu werden."

Diese Angst war lächerlich; Marcus musste hellauf lachen. „Du eine alte Jungfer? Bestimmt nicht!"

Sie hob das Kinn. „Ich kann an dieser Situation absolut nichts lächerlich finden." Das Zittern in ihrer Stimme ließ ihren Bruder aufhorchen.

„Meine Güte, du meinst das wirklich ernst, nicht wahr?" Marcus konnte es kaum glauben.

„Ja. Percival Vandevere hat gerade seine Verlobung bekannt gegeben. Und auch Howell DeWitt und …"

Marcus keuchte. „Sag nicht, du hättest ernsthaft daran gedacht, einen von diesen Gecken zu heiraten!"

„Beide nehmen eine herausragende Position in der Gesellschaft ein", erwiderte sie.

„Keiner von diesen Männern hat in seinem ganzen Leben auch nur einen Tag ehrliche Arbeit verrichtet. Und ihre Familien kamen auf eine Weise, die alles andere als ehrenwert war, zu ihrem Vermögen", erklärte Marcus entsetzt. „Wenn Vater noch am Leben wäre, würde er dafür sorgen, dass du dir diese Ideen schnell aus dem Kopf schlägst."

„Ich muss heiraten", erinnerte Meredith Rose ihn. „Frauen heiraten nun einmal."

„Warum? Du kannst ledig bleiben und mir den Haushalt führen, Schwesterherz", reckte er sich. „Außerdem", fügte Marcus energisch hinzu, „sähe ich lieber, dass du einen Arbeiter heiratest als jemanden wie Vandevere oder DeWitt."

Die blauen Augen seiner Zwillingsschwester schauten ihn zuerst ungläubig und dann verächtlich an. „Ich? Einen Arbeiter heiraten?" Sie erschauderte und rümpfte gezielt die Nase. „Ich hoffe, du entehrst den Namen Macrae nicht, indem du dich auf ein gewöhnliches Mädchen einlässt, das nicht einmal weiß, welche Gabel es beim Essen benutzen muss."

Marcus lehnte sich in seinem bequemen Sessel zurück. „Du bist wirklich ein Snob, weißt du das?"

Ihre glatten Wangen erröteten vor Ärger und sie sprang empört auf.

„Ich bin *kein* Snob. Ich weiß nur, was von mir erwartet wird. Ich bete, dass du das auch weißt."

Marcus wusste, dass der Moment gekommen war. Es war zwar nicht der ideale Zeitpunkt für sein Geständnis, aber er konnte nicht länger warten. „Setz dich bitte, Merry. Ich muss dir etwas sagen."

Anscheinend verzichtete er großmütig auf einen Streit. Meredith Rose nahm würdevoll wieder auf ihrem Sessel Platz. „Ich hoffe, es ist eine gute Nachricht."

Mit pochendem Herzen beugte sich Marcus vor und stützte die Hände auf seine Knie. „Es ist die beste Nachricht der Welt, finde ich." Wehmütig fügte er hinzu: „Ich hoffe, das siehst du auch so. Du hast gesagt, du würdest beten, dass ich das tue, was von mir erwartet wird. Ich bete seit Monaten, dass Gott mir zeigt, was genau das ist."

Der Mund seiner Schwester formte ein kleines rundes *O,* aber sie blieb still.

„Erinnerst du dich daran, wie wir Jesus in unser Herz einluden? Wir waren damals noch ziemlich jung", begann Marcus und betete, dass sie verstehen würde, was mit ihm geschehen war.

Ihre Augen wurden ganz groß. „Natürlich, aber was hat das damit zu tun, was ..."

„Es hat alles damit zu tun, Merry. Ich glaube von ganzem Herzen, dass Gott mich beruft, ihm zu dienen und Pfarrer zu werden." Seine begeisterte Stimme erfüllte die Bibliothek. „Außerdem will ich wenigstens die einfachsten Grundlagen der Medizin lernen."

„Pfarrer! *Du?*"

Seine blauen Augen schauten sie unvermindert an. „Ja. Ich weiß, dass ich nicht würdig bin, aber ich habe vor, es zu sein." Ihn hielt es nicht mehr in seinem Sessel. Er stand auf und ging auf dem weichen Teppich auf und ab. „Bis jetzt führe ich das Leben eines Müßiggängers." Er spürte, wie er errötete. „Versteh mich nicht falsch: Ich habe unser schönes Leben genossen. Es war schön, mit dir diese wunderbaren Reize zu erleben. Aber bei alledem habe ich mich leer gefühlt. Selbst wenn ich zur Kirche gehe, ist diese Leere da."

Sie schaute ihn verwundert an. „So etwas habe ich von dir noch nie gehört. Bist du sicher, dass dir nicht einfach nur langweilig ist?"

„Das dachte ich zuerst auch. Aber jetzt nicht mehr. Ich lese intensiv in der Bibel; besonders habe ich mich mit dem Leben der Jünger und der anderen Menschen befasst, die Jesus in seinen Dienst gerufen hat. Ich will einer von ihnen sein."

Das Ticken der alten Uhr auf dem Kaminsims hallte laut in Marcus' Ohren wider. *Ticktack. Ticktack.* Die Sekunden vergingen, während er gespannt auf ihre Reaktion wartete. *Bitte, Gott, hilf, dass sie meine Entscheidung akzeptieren kann, selbst wenn sie sie nicht versteht.*

Die Sekunden wurden zu Minuten, bevor Meredith Rose antwortete. Als sie endlich etwas sagte, tat sie das mit ausgestreckten Händen und tränenfeuchten Wangen. „Lieber Marcus, wenn Gott dich in seinen Dienst beruft, dann musst du ihm dienen." Sie lächelte.

Er ergriff ihre Hände und kniete neben ihrem Stuhl nieder. „Danke."

Das war alles, was er über die Lippen brachte.

Nach einem langen Schweigen fragte sie mit leiser Stimme: „Was ist mit mir? Deine Entscheidung hilft mir nicht, einen Mann zu finden."

Zum zweiten Mal an diesem Tag hallte Marcus' Lachen durch den Raum. „Nein, da hast du recht, aber siehst du das denn nicht, Merry? Wenn Gott will, dass wir heiraten, kann er uns genau zur richtigen Zeit einen Partner fürs Leben schicken. Wir müssen nur beten und abwarten."

„Herbert kommt nicht, nicht wahr?" Die Stimme seiner Schwester holte Marcus aus der Vergangenheit in die Gegenwart zurück.

„Vielleicht hat er sich nur verspätet", versuchte Marcus sie zu beruhigen.

Sie schüttelte den Kopf. „Das ist unwahrscheinlich. Er ist stolz darauf, dass er immer pünktlich ist. Oder wenigstens eine Nachricht schickt, wenn er aufgehalten wird."

Die Tür wurde aufgerissen. Ein Mann, den Marcus schon in Calloways Begleitung gesehen hatte, trat ein. „Mr Macrae? Eine Nachricht für Sie." Er reichte ihm einen versiegelten weißen Umschlag und wandte sich wieder zum Gehen.

„Warten Sie! Vielleicht müssen Sie eine Antwort mitnehmen."

Die Lippen des Mannes verzogen sich zu einem schmalen Strich. „Entschuldigen Sie, Sir, aber man hat mir gesagt, dass es keine Antwort gibt." Er ging hinaus und schloss die Tür hinter sich.

„Was hat das zu bedeuten?", wollte Meredith Rose wissen.

Marcus riss den Umschlag auf und zog das teure Briefpapier heraus. Sein Zorn wurde so groß, dass er dachte, er würde ersticken. „So ein Mistkerl!"

„Was steht in dem Brief?" Sie nahm ihm das Blatt aus der Hand. Obwohl ihr Gesicht weißer wurde als ihr Kleid, blieb Meredith Roses Stimme erstaunlich gefasst, als sie die Nachricht laut vorlas: „‚Wenn Sie diese Nachricht erhalten, sind Gwendolyn Arlington und ich bereits verheiratet. Auch wenn sie viel jünger ist, bin ich sicher, dass Sie das unter den gegebenen Umständen verstehen werden. Herbert Calloway.'" Die Unterschrift zeigte die seltsamen kleinen Schnörkel, die er immer benutzte.

Die Demütigung, die über das Gesicht seiner Schwester zog, bohrte sich tief in Marcus' Seele. Aber ein Hoffnungsfunke wurde entfacht, als er die Zornesröte sah, die vom hohen Kragen ihres Brautkleids nach oben stieg und ihre Blässe vertrieb. Vielleicht steckte mehr Stolz als Liebe dahinter.

„Was für ein Feigling! Er besitzt nicht einmal den Anstand, diesen Brief an mich zu adressieren." Meredith Rose zerrte sich die mit Spitzen verzierten Handschuhe von den Fingern und zerriss das Blatt in kleine Fetzen. Einen Moment starrte sie auf ihren Verlobungsring mit seinem riesigen funkelnden Diamanten, der von einem Kreis weniger wertvoller Steine umgeben war. Dann zog sie sich den Ring vom Finger und schleuderte ihn auf den Fußboden.

„Er war mir sowieso immer viel zu protzig", sagte sie mit knirschenden Zähnen. „Ob es dieser hinterhältigen Gwendolyn Arlington Spaß macht, ihn zu tragen?" Ihre Augen funkelten aufgebracht. „Es überrascht mich, dass er mir jetzt schon Bescheid gibt und nicht gewartet hat, bis ich vor dem Altar stehe." Sie schwieg einen Moment. „Was meint er mit diesem seltsamen Ausdruck: ‚unter den gegebenen Umständen'?"

Marcus wand sich innerlich. Sein Schmerz wurde noch größer. Von Herbert Calloway am Altar stehen gelassen zu werden war eine Sache. Aber die erschütternde Nachricht zu verkraften, die Marcus ihr hatte verheimlichen wollen, bis sie verheiratet wäre, war eine ganz andere Sache. Um Zeit zu gewinnen, bückte er sich, hob den Ring auf und steckte ihn in die Brusttasche seines maßgeschneiderten Fracks. „Darüber können wir in Ruhe sprechen, wenn wir zu Hause sind. Wartest du hier, bis ich dem Pfarrer gesagt habe, dass es keine Hochzeit gibt?"

„Ja." Sie setzte sich benommen auf den nächsten Stuhl.

Marcus streichelte sie unter dem Kinn, wie er das getan hatte, als sie noch Kinder gewesen waren. „Kopf hoch, Schwesterherz. Es hätte schlimmer kommen können. Stell dir vor, du hättest erst nach der Hochzeit herausgefunden, was für ein Mistkerl er ist!" Das Entsetzen, das über Merrys Gesicht zog, verstärkte Marcus' Hoffnung, dass Herbert mehr ihren Stolz verletzt hatte als ihr Herz. Er fügte schnell hinzu: „Gott hat dich vor einem unglücklichen Leben bewahrt." Er eilte aus dem Raum und überlegte, ob er Calloway den Hals umdrehen oder ihm von Herzen danken sollte.

Kapitel 2

Marcus' Worte hallten in den Ohren seiner Schwester wider: *„Stell dir vor, du hättest erst nach der Hochzeit herausgefunden, was für ein Mistkerl er ist!"* Und dann: *„Gott hat dich vor einem unglücklichen Leben bewahrt."*

Meredith Rose erschauderte, als ihr bewusst wurde, dass sie nur mit knapper Not einem solchen Schicksal entkommen war. Am liebsten hätte sie laut zum Himmel geschrien. Warum hatte er Herbert Calloway in ihr Leben geschickt? *Hat Gott ihn geschickt, oder warst du das selbst?*, widersprach ihr Gerechtigkeitssinn. Sie wand sich bei der Erinnerung an das Nachspiel jenes schicksalhaften Maitages, als sie dreiundzwanzig geworden war …

Als Marcus verkündet hatte, dass er sich zum Pfarrer berufen sah, hatte sie gewusst, dass nichts mehr so sein würde wie bisher. Sie und Marcus hatten schon immer eine sehr enge Beziehung zueinander gehabt. Das war schon so gewesen, als sie noch kleine Kinder gewesen waren. Der tragische Tod ihrer Eltern bei einem Zugunglück hatte die Zwillinge noch fester aneinandergeschweißt. Marcus war für sie der liebste Mensch auf Erden … und der Einzige, dem sie erlaubte, sie Merry zu nennen. „Das ist in meiner gesellschaftlichen Stellung zu kindisch", wehrte sie ab.

Marcus lachte so sehr, dass sich die typischen kleinen Falten in seinen Augenwinkeln bildeten, die sie immer aufmunterten. Er verbeugte sich tief. „Ihr Wunsch ist mir Befehl, Miss Macrae."

„Bevor du den Hofnarren spielst, ist es mir wahrscheinlich doch lieber, von dir Merry genannt zu werden", sagte sie mit einem tiefen Seufzen. „Außerdem machst du das ja sowieso."

„Ja, Eure Majestät." Er verbeugte sich wieder.

Eine zärtliche Liebe zu ihrem Bruder, der immer so viel älter als sie wirkte, erfüllte sie. „Du kannst mich nennen, wie du willst, Marcus." Sie schaute ihn an. „Hauptsache, es stellt sich nichts zwischen dich und mich. Das wird doch nicht geschehen, oder?"

Er wurde ernst. „Nein, Merry. Wir zwei halten zusammen, seit Vater und Mutter gestorben sind. Und das wird auch immer so bleiben. Wenigstens so lange, bis wir heiraten, bist du in meiner Welt das Wichtigste."

„Mir geht es genauso", murmelte sie und fand Trost in seinem Versprechen.

Ihre tiefe, unerschütterliche Geschwisterliebe blieb ungetrübt ... bis Marcus sich entschied, Pfarrer zu werden. Meredith Rose wusste sofort, dass sich ihre Beziehung unwiderruflich ändern würde. Sie würde im Herzen ihres Zwillingsbruders immer einen besonderen Platz einnehmen, aber sie wäre für Marcus nicht mehr an erster Stelle. An diese Stelle war Gott getreten. Obwohl sie wusste, dass dies richtig war, erfüllte sie eine tiefe Traurigkeit. Marcus konnte nicht mehr der bereitwillige Begleiter bei allen Vergnügungen sein, die ihr in den Sinn kamen. Er war nicht mehr frei wie ein Schmetterling im Sommer und konnte nicht mehr von einem Moment auf den anderen einfach verreisen. Er musste studieren und sich auf seinen Beruf vorbereiten.

„Was ist mit mir?", fragte sie. „Deine Entscheidung hilft mir nicht, einen Mann zu finden."

Seine Antwort setzte sich tief in ihrem Herzen fest. „Wenn Gott will, dass wir heiraten, kann er uns genau zur richtigen Zeit einen Partner fürs Leben schicken. Wir müssen nur beten und abwarten."

Meredith Rose dachte im Stillen über Marcus' Worte nach und fragte sich, ob er recht haben könnte. Er klang so zuversichtlich, aber sie war sich nicht sicher. Warum sollte Gott etwas für sie tun, wenn sie bisher nur so wenig für ihn tat? Nachdem sie Jesus in ihr Herz eingeladen hatte, bestand ihr religiöses Leben darin, sonntags zum Gottesdienst zu gehen und Spenden für die Armen zu geben. Außerdem unterstützte sie als Schirmherrin verschiedene Wohltätigkeitsveranstaltungen. Im Licht von Marcus' Entscheidung, mit seinem ganzen Leben dem Herrn nachzufolgen, erschien ihr das, was sie selbst tat, bedeutungslos.

Aus müden Wochen wurden unruhige Monate. Es störte Meredith Rose, dass sie auf die Gesellschaft ihres Bruders verzichten musste, weil er studierte, aber sie war klug genug, sich das nie anmerken zu lassen.

Außerdem begann sie, von dem Tag zu träumen, an dem Marcus zum Pfarrer einer angesehenen Bostoner Kirche berufen würde. Der Name Macrae konnte ihnen Türen öffnen, die anderen, weniger vermögenden Zeitgenossen, verwehrt blieben. Gleichzeitig war ihr eigenes Leben langweilig und oberflächlich geworden.

In ihrer Verzweiflung wandte sie sich an Gott und flehte ihn um seine Hilfe an, ob sie diese nun verdiente oder nicht.

Nichts geschah.

Sie ließ nicht locker, an die Himmelstür zu klopfen. „Kannst du mich denn nicht hören, Gott? Ich brauche wirklich deine Hilfe, jetzt, wo du mir Marcus weggenommen hast." Das Gebet klang selbst in ihren eigenen Ohren kindisch. Deshalb fügte sie rasch hinzu: „Das soll nicht heißen, dass ich mich beklagen würde, weil ich ihn an dich verloren habe. Wenigstens nicht sehr. Es ist nur so, dass er jetzt so beschäftigt ist und ich viel zu viel Zeit habe. Bitte, könntest du mein Leben nicht auch ändern?"

Einige Wochen später sah es so aus, als seien ihre Gebete wenigstens teilweise erhört worden. Miss Grenadier, die Gründerin und Leiterin von Miss Grenadiers exklusiver Schule für junge Damen, die Meredith Rose als Mädchen besucht hatte, suchte sie auf. „Miss Macrae, ich hoffe, Sie halten mich nicht für anmaßend, aber könnten Sie sich vorstellen, für uns zu unterrichten? Wir könnten Sie sehr gut gebrauchen. Wenn wir mit Ihrem Namen Werbung für unsere Schule machen könnten, könnten wir Schülerinnen aus den besten Familien gewinnen. Ich weiß noch, wie beliebt Sie bei Ihren Leserinnen waren. Wir würden uns freuen, wenn Sie zu uns kämen."

Meredith Roses erster Impuls war es, mit einem arroganten und deutlichen Nein zu antworten. Aber bevor sie etwas sagen konnte, drängte sich ihr ein Gedanke auf: *Weise sie mit ihrer Bitte nicht vorschnell ab. Wenn du unterrichtest, vertreibt dir das wenigstens die Langeweile, während du darauf wartest, dass Gott dir den Mann fürs Leben schickt.*

Dieser Gedanke war so stark, dass sie ihn nicht einfach ignorieren konnte. „Wie würden meine Pflichten aussehen?" Sie lächelte ihre Besucherin liebenswürdig an. „Es ist lange her, seit ich Verben konjugiert und Rechenaufgaben ausgeführt habe."

Miss Grenadiers Augen leuchteten befriedigt. „Oh, für diese Fächer haben wir andere Lehrer. Wir brauchen Sie, um unseren Mädchen wichtigere Dinge beizubringen: Rhetorik, Benehmen, Musik, Malen – ich erinnere mich, wie geschickt Sie am Pianoforte und mit dem Pinsel waren – solche Fächer. Kurz gesagt: Könnten Sie uns helfen, echte Damen, wie Sie eine sind, aus den Mädchen zu machen?"

Die Schmeichelei stachelte Meredith Roses Interesse an. „Bis wann brauchen Sie von mir eine Antwort?"

Miss Grenadier wirkte besorgt. „Wir befinden uns wirklich in einer misslichen Lage." Sie schluchzte fast. „Die letzte Lehrerin war furchtbar unhöflich. Sie kündigte, um zu heiraten, ohne uns angemessen Zeit zu geben. Können Sie sich das vorstellen?" Sie sprach eilig weiter. „Wäre es Ihnen möglich, uns bis in einer Woche eine Antwort zukommen zu lassen?"

Als Meredith Rose nickte, klatschte Miss Grenadier begeistert in die Hände und sagte: „Ich bin ja so aufgeregt! Allein schon der Gedanke, dass Sie vielleicht eine von uns werden, ist ..." Sie verabschiedete sich, als wäre Meredith Rose Macrae schon „eine von uns".

„Was habe ich getan?", fragte sich Meredith Rose. „Will ich wirklich unterrichten, selbst wenn es nur um diese angenehmen Fächer geht?" Sie schaute sich in der Bibliothek um und hatte das Gefühl, die Wände würden sie immer mehr einengen. „Wenigstens bin ich nicht fest gebunden."

Bevor Marcus an diesem Abend anfing zu lernen, erzählte ihm Meredith Rose von der Stelle, die ihr angeboten worden war.

„Nimm die Stelle an", riet er ihr. „Du machst das bestimmt hervorragend." Er seufzte. „Ich weiß, dass die letzten Monate nicht leicht waren. Du brauchst etwas, auf das du dich konzentrieren kannst, Merry. Etwas, in das du deine Zeit und deine Energie stecken kannst. Du bist nicht dafür gemacht, untätig im Haus zu sitzen. Es reicht dir auch nicht, Wohltätigkeitsaktionen zu leiten oder ehrenamtlich Kranke zu pflegen."

Sie schüttelte angewidert den Kopf.

Er grinste sie an. „Warum willst du es nicht einfach versuchen? Wenn es dir nicht gefällt, kannst du jederzeit wieder aufhören, und die Schule ist nicht schlechter dran als jetzt."

Am nächsten Tag wurde Meredith Rose „Miss Macrae" und begann ein Leben, das von ihrem früheren untätigen Leben genauso weit entfernt war wie Boston von Australien.

„Es gefällt mir", berichtete sie Marcus am Ende der ersten Woche. „Es gefällt mir tatsächlich. Wenn ich natürlich so uninteressante Fächer wie Grammatik und Multiplikation unterrichten müsste, wäre das eine ganz andere Geschichte!"

„Du suchst dir immer den leichten Weg", zog er sie auf, aber sie konnte sehen, dass er sich freute, weil sie nicht mehr gelangweilt zu Hause saß. Wenn jetzt Marcus auf einer Seite der Bibliothek seine Bücher aufschlug, war sie auf der anderen Seite beschäftigt. Sie suchte Musik für den Mädchenchor, der sie bei einem bevorstehenden Auftritt mit Stolz erfüllen würde. Sie malte sich aus, wie sie sich in einem saphirblauen Samtkleid vor den strahlenden Eltern verbeugen und ihre Dankbarkeit entgegennehmen würde. Gedichte sowie Essays von den klügsten Schülerinnen sollten ebenfalls vorgetragen werden. Das alles sollte Meredith Rose in das rechte Licht rücken und der Welt zeigen, wie viel Glück Miss Grenadiers Schule für junge Damen hatte, dass sie zu ihren Lehrerinnen gehörte.

Trotz ihres neuen Interesses, trotz des umwerfenden Erfolgs dieser und anderer Aufführungen waren die Gebete zu Gott, dass er ihr einen Ehemann schicken möge, der ihr Leben noch mehr verändern würde, ständig im Herzen von Meredith Rose und oft auch auf ihren Lippen.

Ein Jahr verging. Ein zweites Jahr zog ins Land. Kein Ehemann tauchte auf, obwohl Meredith Rose nicht aufhörte, Gott daran zu erinnern, dass sie immer noch wartete. Marcus beendete sein Studium und begann als Pfarrer zu arbeiten und nebenbei Medizin zu studieren. Zum Leidwesen seiner Schwester lehnte er ein reizvolles Angebot einer einflussreichen Gemeinde ab, um stattdessen in einer kleineren Kirche am Stadtrand von Boston zu arbeiten.

„Ich weiß, dass du dich darauf eingestellt hattest, dass ich eine angesehene Pfarrstelle annehmen würde, Merry", sagte er. „Aber die Menschen in der Community Christian Church brauchen mich. Die in der First Central Church brauchen mich nicht." Meredith Roses Einwand, dass die Mächtigen und die Reichen es auch verdienten, das Evangelium zu hören, nicht nur die Armen und Schwachen, konnte ihn nicht umstimmen.

Jetzt sah sie ihn noch weniger als vorher. Wenn Pastor Marcus – der sich standhaft weigerte, sich als „Hochwürden" ansprechen zu lassen – keinen Gottesdienst hielt, beriet er Familien, besuchte die Kranken oder kümmerte sich darum, dass die Bedürftigen mit Nahrung und einem Dach über dem Kopf versorgt wurden. Auf sein Drängen hin begleitete Meredith Rose ihn ab und zu, entschied aber, dass sie zu zart sei für den Anblick, die Geräusche und den Geruch dieser Arbeit. „Außerdem", argumentierte sie, „erfülle ich einen wichtigen Dienst an den Mädchen, die ich unterrichte."

In Momenten tiefer Niedergeschlagenheit entfuhr ihr manchmal ein Seufzen, das so tief war, dass es in ihren Zehen begann und sich durch ihren ganzen Körper ausbreitete. Vielleicht würde sie nie etwas anderes machen als unterrichten. Alle anderen jungen Frauen aus ihrem Bekanntenkreis hatten geheiratet. Die meisten hatten sogar schon Kinder. Warum verweigerte Gott ihr die Freude, Ehefrau und Mutter zu sein? Dieser Gedanke setzte sich in Meredith Roses Kopf fest und ließ ihr keine Ruhe. In zwei Wochen würde sie siebenundzwanzig Jahre alt werden. Jahr für Jahr wurden Debütantinnen in die Gesellschaft eingeführt und nahmen ihren Platz ein, während sie allmählich verwelkte und in den Reihen derer, die sie früher Freundinnen genannt hatte, zu einem Objekt des Mitleids wurde.

„Anscheinend ist es dein Plan, dass ich genauso werde wie Miss Grenadier", klagte sie Gott eines Abends an. Trotzig fügte sie hinzu: „Bewahre mich vor einem solchen Schicksal! Es könnte nichts Schlimmeres geben." Wenigstens war sie immer noch bildschön. Der Spiegel über ihrem mit Brokat überzogenen Ankleidetisch bestätigte ihr das.

„Wenn sich nur mein Leben ändern würde!", seufzte sie.

Am nächsten Tag sprach ein neuer Tanzlehrer in Miss Grenadiers Schule für junge Damen vor. Herbert Calloway war ledig, er wurde von heiratswilligen jungen Damen und ihren übereifrigen Müttern umworben und genoss den Ruf, unvorstellbar reich zu sein. Als der junge Mann mit den schwarzen Haaren und schwarzen Augen Meredith Rose vorgestellt wurde, beugte er sich tief über ihre Hand und schlug die Hacken zusammen. „Mademoiselle Macrae? Es ist mir eine große Freude."

Seine Bewunderung erwärmte ihr einsames Herz und ließ ihre Zurückhaltung schmelzen, mit der sie Fremde normalerweise begrüßte. „Solche Zufälle gibt es einfach nicht", sagte sie sich. „Herberts Erscheinen ist ganz sicher eine Erhörung meiner Gebete."

Eine unbeschwerte Zeit folgte. Herbert überschüttete sie mit seiner

Bewunderung. Einige Monate später kündigten die Bostoner Zeitungen offiziell an, dass die Hochzeit von Miss Meredith Rose Macrae und Mr Herbert Calloway Ende März stattfinden sollte.

Als der lang herbeigesehnte Tag kam, erwachte Meredith Rose bei strahlendem Sonnenschein. Wolken in der Ferne warnten, dass der launenhafte Monat noch nicht vorbei war, aber sie lachte nur über das Unheil verkündende Donnerrollen.

Wie im Flug vergingen die Stunden, bis sie die Kirche erreichte und ihr Hochzeitskleid anzog, das sie gegen den Widerspruch der Schneiderin gewählt hatte, die weitaus kunstvollere und teurere Kleider vorgeschlagen hatte. In weißen Satin gekleidet und voll herrlicher Träume wartete sie im Vorraum und malte sich den Moment aus, wenn Marcus ihre Hand in Herberts Hand legen und sie das Eheversprechen ablegen würden, das sie für immer aneinander binden würde. Dann jedoch kam die Nachricht …

„Bist du so weit, Merry?“

Die Stimme ihres Bruders, die sie aus ihren Gedanken riss, gab ihr das Gefühl, von einer langen Reise zurückgekehrt zu sein. Meredith Rose war müde – so unendlich müde, dass sie es nicht wagte, darüber zu spekulieren, was *unter den gegebenen Umständen* bedeutete. „Ja. Bring mich nach Hause.“

Kapitel 3

Das Hufeklappern der zwei Schimmel, die stolz die geschlossene Kutsche von der Kirche zum Haus der Macraes zogen, ließ die Vorwürfe nicht zur Ruhe kommen, die Marcus sich machte. *Du hättest es ihr sagen sollen. Warum hast du es ihr nicht gesagt?* Ungeduldig verdrängte er die Anschuldigungen. Was geschehen war, ließ sich nicht mehr ändern. Mit Selbstvorwürfen konnte er die Vergangenheit auch nicht mehr ungeschehen machen. Er musste sich überlegen, wie er Merry am besten erklären konnte, was die ominösen Worte *unter den gegebenen Umständen* bedeuteten. Aber nicht hier. Nicht hier in der Kutsche, wo sie in einem Hochzeitskleid neben ihm saß, das genauso zerknüllt war wie ihre früheren Träume.

Als sie ihr großes Haus erreichten, half er Meredith Rose schweigend aus der Kutsche und wies den Fahrer an, die Kutsche wegzubringen. Sie ging ein Stück auf das Haus zu, blieb stehen und warf einen Blick auf die bleiernen Gewitterwolken, die jetzt keine Vorwarnung mehr waren, sondern den ganzen Himmel bedeckten. Ein Blitz zuckte über den Himmel, gefolgt von einem Donner, der die Fenster zum Erbeben brachte. Marcus warf den Arm um seine Schwester und rief laut, um den Lärm zu übertönen: „Schnell! Wir müssen auf die Veranda, bevor es anfängt zu regnen!"

Wenige Sekunden bevor der Regen losbrach, erreichten sie die Überdachung. Ein silberner Regenschauer, der sich in Hagel verwandelte, ergoss sich über sie. Unter dem Schutz der breiten Veranda schauten die Zwillinge dem Gewitter zu. Nachdem es weitergezogen war und ein Fleck blauer Himmel erschien, sagte Meredith Rose mit zitternder Stimme: „Schau." Sie deutete zu einem leuchtenden Regenbogen, der über der Stadt erstrahlte. Sie betrachteten ihn schweigend, bis er verschwand. Dann richtete sie ihre blauen Augen auf Marcus. „Sobald wir diese abscheulichen Sachen ausgezogen haben, kannst du mir erklären, was sonst noch los ist. Ich kenne dich gut genug, um zu wissen, dass Herberts feige Tat nur ein Teil von etwas Größerem ist." Bevor er etwas erwidern konnte, schlüpfte sie ins Haus und eilte die Treppe hinauf.

Während er unaufhörlich um Weisheit betete, ging Marcus langsam in sein Zimmer und zog bequemere Kleidung an. „Abscheulich ist genau das richtige Wort", murmelte er, während er seinen Frack aufs Bett schleuderte, ihn dann aber eilig aufhob und ordentlich auf einen Bügel hängte. Unter den gegebenen Umständen konnte er sich keine Gefühlsausbrüche leisten, nicht einmal wenn es darum ging, Kleidung, die er abscheulich fand, aufs Bett zu schleudern. *Unter den gegebenen Umständen.* Sonderbar. Er hatte sich nie große Gedanken um diese Worte gemacht. Jetzt verabscheute er sie. Jetzt standen sie für Schmerz und Leid und die steinige Straße, die vor ihnen lag.

Das Läuten der Türglocke riss ihn aus seinen Gedanken. Einige Augenblicke später wurde diskret an seine Schlafzimmertür geklopft. „Eine Nachricht für Sie, Sir", teilte ihm der Diener mit. „Von Mr Arlington."

Marcus zögerte. In diesem Augenblick? War das Zufall? Er dankte dem Diener, riss den Umschlag auf und überflog die wenigen Zeilen. Marcus wusste nicht, ob er vor Zorn toben oder vor Freude grinsen sollte. Einer seiner Lieblingsverse aus der Bibel, Römer 8,28, kam ihm in den Sinn: „Wir wissen aber, dass denen, die Gott lieben, alle Dinge zum Besten dienen, denen, die nach seinem Ratschluss berufen sind." Mit einem Herzen, das so leicht war wie seit Tagen nicht mehr, stieg Marcus die Treppe hinab in die Bibliothek.

Meredith Rose wartete schon auf ihn. Sie trug ein einfaches weißes Musselinkleid mit winzigen blauen Blumen und Rüschen um den Hals und an den Taschen. Sie sah darin eher wie ein kleines Mädchen denn wie eine verschmähte Braut aus. Ein knisterndes Feuer warf tanzende Schatten an die Wände, und das weiche Licht tauchte den Raum in eine friedliche Stimmung. Marcus sank in seinen Lieblingssessel und wünschte von ganzem Herzen, es könnte wie an jedem anderen Tag sein, an dem sie sich an den Kamin setzten und über ihre Geheimnisse, Freuden und Leiden sprachen.

„Marcus, weißt du, warum Herbert das getan hat?"

Er holte tief Luft, hielt den Atem an und atmete dann langsam aus.

Jetzt konnte er ihr nicht mehr ausweichen. „Gwendolyn Arlingtons Vater hat eine Indiskretion begangen und Bankgeheimnisse an seine Tochter weitergegeben. Gwendolyn hat das, was ihr Vater ihr erzählt hat, offenbar Calloway verraten."

Meredith Roses Stirn zog sich in Falten. „Was hat das mit uns zu tun? Was in aller Welt hat Mr Arlington erzählt, das Herbert veranlassen könnte, mit Gwendolyn durchzubrennen?"

Marcus knirschte mit den Zähnen. Die Traurigkeit und Wut, die ihn ergriffen hatten, als Arlington ihn das erste Mal zu sich gerufen und ihm die niederschmetternde Nachricht überbracht hatte, waren wieder da. „Geld. Es gibt keine schonende Art, dir das zu sagen, Merry. Vor ein paar Tagen erfuhr ich, dass unser zuverlässiger Familienanwalt schwer erkrankt ist. Da er sichergehen wollte, dass unsere Geldanlagen in guten Händen sind, übergab Mr Simpson sie seinem Bruder. Er konnte nicht ahnen, welch einem Menschen er vertraute." Marcus schwieg eine Weile, um seine Gefühle unter Kontrolle zu bekommen, bevor er mit der Geschichte fortfuhr.

Meredith Roses Gesicht wurde kreidebleich. Ihre Miene verriet ihren Schock. „Ich ahne, was dann passierte. Der Bruder verschwand mit unserem Geld."

„Ja." Marcus schüttelte verzweifelt den Kopf. „Wenn ich das nur früher gewusst hätte, hätte ich wenigstens einen Teil retten können …"

Es schien, als hörte sie ihn nicht, aber ihre Augen wurden so dunkel wie der Nachthimmel. „Als Mr Arlington das herausfand, sagte er es seiner Tochter", setzte sie mit zitternder Stimme fort. „Und natürlich konnte Gwendolyn nicht widerstehen und erzählte es Herbert." Sie schüttelte den Kopf. „Ich verstehe aber immer noch nicht, warum das eine Rolle gespielt haben soll. Jeder weiß, dass Herbert Calloway reich ist. Er ist viel vermögender, als wir es sind … besser gesagt, als wir es waren."

Mit seinen nächsten Worten versetzte Marcus seiner Schwester den endgültigen Schlag. „Was jeder weiß beziehungsweise zu wissen meint, ist falsch. Als ich gerade oben war und mich umzog, erhielt ich eine Nachricht von Arlington. Es sieht so aus, als wäre Herbert Calloway ein Scharlatan. Er täuschte Miss Grenadier und alle anderen und ließ sie glauben, er wäre ein Mann mit unbegrenzten Mitteln. Dabei schlich er sich nur in die Bostoner Gesellschaft ein, um eine reiche Frau zu finden!"

Meredith Rose starrte ihn an. Einen Moment bewegte sie sich nicht. Doch dann überraschte sie ihren Bruder völlig. Statt Wut oder Schmerz zu zeigen, zuckten ihre Lippen. Ihre Augen funkelten. Lautes Gelächter erfüllte die stille Bibliothek. „Geht ... geht es dir gut?“, stammelte er, als er endlich die Sprache wiederfand.

„Ob es mir gut geht?“ Meredith Rose schnappte nach Luft. Tränen liefen ihr über die Wangen, deren Grund aber offensichtlich nicht Traurigkeit war. „Siehst du das denn nicht?“ Sie zog ein elegantes Taschentuch aus ihrer Kleidtasche und tupfte sich die Augen. „Gwendolyn Arlington, die überall laut verkündet hat, ich wäre sonderbar, weil ich keine Brautjungfern bei meiner Hochzeit wollte, ist mit einem skrupellosen Mann verheiratet, der sie überredet hat, mit ihm durchzubrennen.“ Sie brach wieder in lautes Gelächter aus. „Das nenne ich ausgleichende Gerechtigkeit; Gwendolyn bekommt, was sie verdient.“

Marcus stimmte in ihr Lachen ein. „Arlington ist bestimmt außer sich“, sagte er. „Am meisten ärgert ihn, dass es seine eigene Schuld ist. Wenn er keine Bankgeheimnisse ausgeplaudert hätte, hätte er jetzt nicht Herbert Calloway als Schwiegersohn.“

„Das hat Herbert also mit *unter den gegebenen Umständen* gemeint.“ Sie wurde wieder ernster. „Wie schlimm ist unsere finanzielle Situation, Marcus?“

„Sie könnte nicht schlimmer sein“, erklärte er ihr schonungslos. Es gefiel ihm überhaupt nicht, dass er ihr das antun musste, aber er war erleichtert, dass sie so gelassen auf Herberts Hinterhältigkeit reagierte. „Wir haben alles verloren.“

Sie schaute sich in der Bibliothek um. „Auch das Haus?“ Ihre Stimme zitterte.

„Auch das Haus.“ Marcus schlug sich die Hände vors Gesicht. „Vor mehreren Monaten kam ein Freund unseres Vaters zu mir. Er machte schwere Zeiten durch und brauchte dringend eine große Summe Geld, um sein Geschäft zu retten. Ich nahm eine Hypothek auf unser Haus auf, damit ich ihm helfen konnte. Ich hoffte, du müsstest das nie erfahren.“

Meredith Roses Gesicht war nun wie versteinert. „Kann er es dir nicht zurückzahlen?“

„Nein. Ein Feuer zerstörte sein Geschäft und er hatte keine Versicherung. Wir hätten es mit Müh und Not überstanden, wenn Simpson nicht unser Geld gestohlen hätte. Jetzt besteht keine Möglichkeit, die Hypothek zu bezahlen. Es tut mir leid, Merry. Es tut mir so unendlich leid."

Sie glitt aus ihrem Sessel und kniete neben ihm nieder. Ihre Hand streichelte seine dunklen Haare. „Lieber gebe ich alles auf, als dass du Menschen, die in Not sind, nicht helfen würdest", erklärte sie. „Ich kann alles ertragen, solange wir einander haben und zusammen sind."

Hoffnung keimte in Marcus auf. „Meinst du das wirklich ernst? Obwohl wir unser Zuhause und unsere Stellung in der Gesellschaft verloren haben?"

Er sah, wie sie krampfhaft schluckte, bevor sie in einem leichtfertigen Ton, der jedoch ihre Aufrichtigkeit nicht verbergen konnte, sagte: „Ich möchte so handeln wie Ruth: ‚Wohin du gehst, da will ich auch hingehen' und so weiter." Sie drückte ihre Wange an seine Haare. „Ich folge dir bis ans Ende der Welt, wenn es sein muss", flüsterte sie. „Ich meine", verbesserte sie sich eilig, „bis an den Stadtrand von Boston." Sie zog die Nase kraus. „Ich kann nicht behaupten, dass mir das gefallen würde, aber es ist immer noch besser, als mit einem Scharlatan verheiratet zu sein!"

Marcus ergriff ihre beiden Hände. „Meredith Rose Macrae, du bist wirklich unerschütterlich. Ich bin stolz auf dich." Er schwieg, denn ihm graute vor den nächsten Minuten. Seine Zwillingsschwester hatte schon zwei vernichtende Schläge verkraftet. Er betete, dass Gott ihr die Kraft geben würde, auch noch den letzten schweren Schlag gut wegzustecken.

„Erinnerst du dich an das alte Sprichwort, dass aller guten Dinge drei sind? Aber auch aller schlechten Dinge sind drei."

Ihre Hände verkrampften sich so sehr um seine, dass er sich fragte, warum sie nicht vor Schmerzen schrie. Sie hob das Kinn so, wie sie es seit ihrer Kindheit schon immer gemacht hatte, wenn sie mit etwas Neuem und Fremdem konfrontiert wurde.

„Sprich es aus", forderte sie ihn auf. „Ich bin heute vor dem Altar stehen gelassen worden und habe erfahren, dass wir mittellos sind und in einer – sagen wir – alles andere als wünschenswerten Gegend wohnen werden. Schlimmer kann es nicht mehr kommen." Ihre Augen wurden vor Angst ganz groß und sie ließ seine Hände los. „Solange du nicht vorhast, durchzubrennen, zur Fremdenlegion zu gehen oder eine lebensbedrohliche Krankheit hast, sollte ich es verkraften können."

„Es ist nichts dergleichen, Gott sei Dank", erwiderte Marcus erleichtert. „Aber es ist so, dass wir nicht in der Nähe der Community Christian Church bleiben können."

Meredith Rose sprang auf. Ihr breites Strahlen vertrieb jede Spur von Sorge aus ihrem hübschen Gesicht. „Du Schuft! Du hast dir das Beste bis zum Schluss aufgehoben. Ich brauche gar nicht zu raten, was das Dritte ist. Du wurdest in eine neue Gemeinde berufen. Wie aufregend! Wann fängst du an? Wie lang weißt du es schon?" Sie klatschte aufgeregt in die Hände. „Warum erzählst du mir das erst jetzt?"

Marcus' Herz pochte laut und unregelmäßig. Als sie noch klein gewesen waren, hatte er eine riesige Seifenblase zum Platzen gebracht, die seine Zwillingsschwester mit ihrer kleinen Tonpfeife aus Seifenschaum aufgeblasen hatte. Die Seifenblase hatte schön in den verschiedenen Farben geleuchtet. Jetzt musste er wieder Träume platzen lassen, nur dass Merry jetzt kein weinendes Kind war, das sich damit trösten ließ, dass er ihr eine neue und größere Seifenblase aufgeblasen hatte.

Er sagte leise: „Bitte setz dich." Selbst wenn sein Leben davon abhängig gewesen wäre, hätte er nicht anders als düster klingen können.

Eine besorgte Vorahnung vertrieb die Freude aus ihrem Gesicht und sie nahm gehorsam ihm gegenüber wieder Platz.

„Seit mehreren Monaten bin ich nicht mehr zufrieden mit dem Ort, an dem ich arbeite", begann Marcus. „Es fing an, als ich Geschichten davon las, dass an fernen Orten sowohl Pfarrer als auch Ärzte dringend gebraucht werden." Er ignorierte den unterdrückten Entsetzensschrei seiner Schwester. „Je mehr ich darüber gebetet habe, umso deutlicher wurde mir bewusst: Gott will, dass ich an einen Ort gehe, an dem ich wirklich gebraucht werde, an dem mich niemand ersetzen könnte, falls ich nicht dort bin. Ich habe es dir nicht erzählt, weil ich dachte, wenn du erst einmal verheiratet wärst, könntest du es viel leichter verkraften, dass ich weggehe und dass wir unser Geld verloren haben."

„Aber ich heirate *nicht*", widersprach sie. „Du gehst also jetzt nach Afrika oder Indien oder so etwas. Wir haben uns versprochen, dass wir zusammen bleiben, Marcus. Wie kannst du das tun? Was werde ich dann machen? Was für ein Gott beruft dich an einen Ort, an den ich nicht mitkommen kann?"

„Das hat er nicht, Merry", platzte Marcus heraus. Er sprang von seinem Stuhl hoch, zog sie auf die Beine und führte einen Freudentanz in der Bibliothek auf. „Gott hat mich an einen Ort berufen, an den du mitkommen *kannst.*" Überschwängliche Vorfreude auf das, was vor ihm lag, sprudelte aus ihm heraus. „Es wird ein Abenteuer werden, wie wir noch keines erlebt haben. Mein Ruf führt mich nach Idaho, in eine kleine Stadt in den Bergen namens Last Chance."

„Last Chance? *Letzte Chance?*" Mit einem Verzweiflungsschrei riss Meredith Rose sich aus den Armen ihres Bruders los und rannte nach oben, wo sie sich auf ihr Bett warf und wütete: „Gott, findest du das etwa lustig?" Die Worte *Du hast mich gebeten, dein Leben zu verändern* schossen ihr durch den Kopf, aber sie verdrängte sie zornig. Kein liebender Gott würde jemanden – und schon gar nicht sie – an einen Ort schicken, der „Letzte Chance" hieß.

Auch wenn dieser Name Meredith Rose Macraes momentane Situation perfekt beschrieb.

Kapitel 4

Last Chance, Idaho – ein halbes Jahr zuvor

Briton Farley glitt aus dem Sattel seines Lieblingshengstes. Er ließ die Zügel auf die Erde fallen, ließ den Falben stehen und schritt zum Rand des Felsvorsprungs, auf dem er die darunterliegende Bergbaustadt überblicken konnte. Er hatte diese einsame Stelle vor Jahren entdeckt und kehrte immer wieder hierher zurück, besonders dann, wenn er ein kniffliges Problem zu lösen hatte.

Brit hatte den spektakulären Gebirgszug schon oft bewundert, der Idaho von Montana trennte. Er hatte ihn beobachtet, wenn die Ostseite in Schnee gehüllt gewesen war, wenn er von leuchtend roten Sonnenaufgängen beschienen wurde oder sich still unter dem wolkenlosen saphirblauen Himmel ausbreitete. Jedes Mal hatte Brit respektvoll den Hut von seinen hellbraunen Haaren genommen und Psalm 19,2 zitiert: „Die Himmel erzählen die Ehre Gottes, und die Feste verkündigt seiner Hände Werk."

Heute waren seine Sorgen so zahlreich wie die roten, gelben und goldenen Blätter, als er über den Felsboden schritt. Brit schaute in die Ferne auf die Berggipfel und pfiff wehmütig „Einsame Prärie." Er musste lachen, als sein Pferd daraufhin mit dem Maul an seine Schulter stupste.

„Es ist wirklich schade, dass du nicht sprechen kannst, Nez Percé", sagte er zu seinem Pferd. „Du würdest mich daran erinnern, dass kein Problem es wert ist, sich an einem solchen Tag den Kopf darüber zu zerbrechen." Er nahm seinen Stetson ab, löste das bunte Halstuch von seinem Hals und wischte sich das Gesicht ab. In den acht Jahren, seit er nach Idaho gekommen war, hatte er noch nie einen farbenprächtigeren Spätherbst erlebt. Er breitete sich wie eine friedliche Decke über das Land.

Brit atmete die Luft ein, die nach Tannen duftete. Acht Jahre. Er seufzte. Er konnte es kaum glauben. Die Gedanken an die Entscheidungen, die er dringend treffen musste, verblassten. Und auch die Landschaft um ihn herum. Er schloss die Augen und erlaubte sich, in die Vergangenheit zurückzukehren. Zurück zu seinem früheren Leben auf der Ranch in Texas. Zurück zu den ungetrübten Tagen mit seinem Vater, dessen hellbraune Haare, bernsteinfarbene Augen und geschmeidige Stärke Brit geerbt hatte …

Michael Farley war für seinen kleinen Sohn alles auf der Welt geworden, als Brits Mutter an Fieber erkrankt und gestorben war. „Jetzt sind nur noch du und ich und Gott da, Brit“, hatte er gesagt.

„Ich mag Gott nicht. Er hat mir meine Mama weggenommen“, war Brit herausgeplatzt. Selbst wenn er älter werden sollte als die Berge, würde er die Antwort seines Vaters und den Schmerz in seiner Stimme nie vergessen.

Er hatte seine starken Arme um ihn gelegt. „Uns gefällt nicht immer, was Gott macht, aber eines dürfen wir nie vergessen: Gott hat uns so sehr geliebt, dass er seinen einzigen Sohn sandte, damit er am Kreuz starb, sodass alle, die an ihn glauben und Jesus in ihr Herz einladen, mit ihm leben können. Deine Mama kann nicht zu uns zurückkommen, aber eines Tages werden wir zu ihr gehen. Sie wartet an einem Ort auf uns, der viel schöner ist, als wir uns das je vorstellen können, sagt die Bibel.“

Das Kind dachte angestrengt über seine Worte nach. „Und wenn sie nicht glücklich ist?“ Seine Lippe zitterte. „Wenn sie uns vergisst?“ Er vergrub das Gesicht im Hemd seines Vaters.

„Sie wird uns nicht vergessen“, versicherte Michael ihm. Seine Stimme wurde weicher. „Und, mein Sohn, in Gottes Gegenwart kann sie niemals unglücklich sein. Das Wunderbare ist, dass wir hier auf der Erde auch in seiner Gegenwart leben können. Wir müssen ihn nur darum bitten.“

Brit schaute in das Gesicht seines Vaters und verstand nicht, wie er das meinte. Aber die traurigen Falten, die sich so tief in seine Stirn eingegraben hatten, als Christine Farley krank geworden war, waren auf wundersame Weise verschwunden. Die Miene seines Vaters erinnerte Brit daran, wie die Welt aussah, wenn die Sonne gerade über dem niedrigen Hügel im Osten aufgegangen war und den Himmel mit ihrem herrlichen Glanz erfüllte. Das brachte ihm Trost. Solange sein Vater so aussah, war sicher alles in Ordnung.

Jahre vergingen: ausgefüllte, glückliche Jahre. Vater und Sohn arbeiteten einträchtig und harmonisch miteinander. Sie überlebten Dürren und Verluste und machten das Beste aus den guten Jahren. Sie verdoppelten ihren Landbesitz und vermehrten ihre Herden. Kurz nach Brits einundzwanzigstem Geburtstag überschrieb sein Vater die Ranch auf ihn.

„Vielleicht werde ich hundert Jahre alt." Michael Farleys wettergegerbtes Gesicht verzog sich zu einem breiten Lächeln. Die Falten in den Winkeln seiner ausdrucksstarken Augen vertieften sich. „Das spielt keine Rolle. Du bist reif genug, um die ganze Verantwortung zu übernehmen." Er lehnte sich auf dem bequemen, handgearbeiteten Stuhl zurück, der, solange Brit zurückdenken konnte, schon immer denselben Platz in dem rustikalen Wohnzimmer eingenommen hatte, und legte dann seine Füße auf einen alten Hocker. „Apropos Verantwortung übernehmen: Wann willst du eigentlich heiraten und mir Enkelkinder schenken? Christine und ich waren verheiratet und du warst schon unterwegs, als ich in deinem Alter war."

Brit merkte, dass er errötete. „Ich habe keine Zeit für Mädchen", erwiderte er kurz angebunden.

Sein Vater schaute ihn mit einem vielsagenden Lächeln an. Goldene Funken tanzten in seinen Augen. „Ach ja? Die Cowboys erzählen sich, dass du im Umkreis von hundert Meilen jedes hübsche kleine Fohlen zähmen und heiraten könntest. Ist das dein Problem? Hast du die Qual der Wahl?"

„Nein." Brit deutete zum Hochzeitsbild seiner Eltern hinüber, das den Kaminsims zierte. „Ich werde erst heiraten, wenn ich eine Frau wie sie finde."

Michaels Füße landeten mit einem dumpfen Poltern auf dem Fußboden. „So Gott will, gibt es vielleicht irgendwo auf dieser Erde noch einmal eine so gute und liebe Frau, wie deine Mutter sie war. Kümmere dich nicht darum, dass ich gern kleine Füße hier im Haus hören würde. Heirate erst, wenn du die Frau gefunden hast, die Gott für dich vorgesehen hat; aber dann lass dich durch nichts aufhalten."

„Genauso wie du es gemacht hast."

„Ja." Michael stand auf, ging zu Brit und legte ihm eine kräftige

Hand auf die Schulter. „Wenn sie wie Christine ist, lohnt es sich, auf sie zu warten."

Das waren die letzten Worte, die Michael je zu seinem Sohn sagte. Am selben Nachmittag strauchelte sein galoppierendes Pferd und stürzte mit seinem Reiter. Michael war nicht mehr aus der Bewusstlosigkeit erwacht …

Nez Percé wieherte.

Brit streichelte die dunkle Mähne des Falben und hatte das Gefühl, gerade von einer langen Reise zurückgekehrt zu sein. Er war dazu erzogen worden, keine überstürzten Entscheidungen zu treffen und blieb nach dem Tod seines Vaters noch ein ganzes Jahr in Texas. Dann wusste Brit, dass es Zeit war, fortzuziehen. Er verkaufte alles, was er besaß, denn er war bereit für einen Neuanfang – an dem Ort, an den Gott ihn führen würde. Den größten Teil seines Geldes ließ er in einer vertrauenswürdigen Bank, da er sich sagte, dass er es sich telegrafisch überweisen lassen könnte, wenn er es brauchte. Brit sattelte den Fuchs, den er aus seinem Pferdebestand behalten hatte, schwang sich auf den Sattel und ritt davon. Er schaute kein einziges Mal zurück. Die Ranch gehörte ihm nicht mehr. Das Hochzeitsbild seiner Eltern lag unten in seinen Satteltaschen. Gott ging vor ihm und neben ihm her. Alles andere war unwichtig.

Die Berichte über Gold-, Kupfer- und Silberfunde weckten seine Neugier und er beschloss, nach Norden und Westen zu ziehen. Die vielen Gesichter des Landes faszinierten ihn, besonders die hohen Berge, die so ganz anders waren als seine Heimat Texas. Er vermisste die Gemeinschaft mit anderen Menschen, deshalb arbeitete er unterwegs hin und wieder für eine Weile auf einer Ranch. Aber keine faszinierte ihn so sehr, dass er lang genug an einem Ort geblieben wäre, um dauerhafte Freundschaften zu schließen, oder um ihm das Gefühl zu geben, er sei dort, wo er hingehörte. Und, so Gott wollte, um eine Frau zu finden.

„Welche Frau würde schon einen heruntergekommenen Kerl wie mich eines Blickes würdigen?", fragte er sich wehmütig, als er Boise, Idaho, erreichte. Um unterwegs keine Schwierigkeiten heraufzubeschwören, achtete er bewusst darauf, so unauffällig wie möglich auszusehen. „Ich würde sowieso keine Frau wollen, die einen Mann nach seinem Aussehen beurteilt oder die ihn nur wegen seines Geldes heiratet." Er grinste. Niemand, der Briton Farley in seiner jetzigen Verfassung sah, käme auf die Idee, dass er sich ein schönes Stück von Idaho kaufen könnte!

Am Ende machte er jedoch genau das: Nachdem er einen großen Teil des Bundesstaates erkundet hatte, verliebte er sich in den Landzipfel südöstlich von Coeur d'Alene. In den Wäldern gab es viel Wild und er fand genug Nahrung und Schutz. Brit stolperte über einen glücklosen, halb verhungerten Goldsucher, der einen Platz für den Winter brauchte. Der gesprächige Charley January willigte ein, Brit beim Bau eines Hauses zu helfen. Im Gegenzug durfte er im nächsten Frühling auf Brits Land nach Gold suchen.

„Hast du etwas dagegen, wenn ich ein Schild aufhänge?", fragte der bärtige Mann, als sie das gemütliche Blockhaus fertig gebaut hatten. „Ich habe überall nach Gold gesucht. Und so viel Gold und Silber gefunden und ausgegeben, dass ich davon bis zu meinem Tod hätte leben können." Er kratzte sich am Kopf. „Ich weiß auch nicht genau warum, aber ich habe das Gefühl, das hier könnte meine letzte Chance sein, doch noch reich zu werden."

Brit war von der Aufrichtigkeit des alten Mannes berührt und erlaubte es ihm. Ein paar Tage später hing ein schiefes, wackeliges Schild vor der Hütte: LAST CHANCE. EINWOHNER: 2. Brit musste sich sehr beherrschen, um nicht laut loszulachen, aber er wollte die Gefühle seines neuen Gefährten nicht verletzen.

Als der Frühling kam, bat Charley January um die Erlaubnis, auf Brits Land nach Gold zu suchen, bevor er weiterziehen würde. „Falls ich etwas finde, kannst du mir so viel davon geben, wie du für fair hältst", sagte er.

„Ich will Rinder und Pferde züchten, Charley, aber die Hälfte des Gewinns von allen Bodenschätzen, die du entdeckst, gehört dir", sagte Brit ihm.

„Juhu!" January fuchtelte mit einem rostigen Pickel durch die Luft. „Mein Junge, wir werden bald sehr reich sein."

Zu Brits Erstaunen wurde die Vorhersage dieses sonderbaren Propheten tatsächlich wahr. Nach monatelanger ergebnisloser Suche suchte Charley eines Abends in einer Höhle auf Brits Land Unterschlupf. Am nächsten Tag kam er in die Hütte gepoltert. Er hatte Silber gefunden.

Damit nahmen die großen Veränderungen ihren Lauf. Die Silberader erwies sich als unglaublich reichhaltig. Zelte sprangen wie Pilze aus dem Boden. Ihnen folgten Blockhütten und Häuser. Als die Männer sahen, dass die Silberader noch lange nicht erschöpft war, holten sie ihre Familien nach Last Chance.

Zu Brits Kummer erwartete die immer größer werdende Stadt von ihm, dass er die Führung übernahm. Er wurde zum Vorsitzenden des Schulausschusses gewählt, bevor Last Chance überhaupt eine Schule oder einen Lehrer hatte. Außerdem wurde er dazu bestimmt, einen Lehrer, einen Arzt und einen Pfarrer zu finden und in die Stadt zu holen. Die nächste Kirche befand sich in der Nähe von Kellogg. Sie war in den 50er- und 60er-Jahren des neunzehnten Jahrhunderts von Indianern erbaut worden und war zu weit entfernt, als dass die Bewohner von Last Chance dort zum Gottesdienst hätten gehen können.

Die Männer packten alle mit an, und in kürzester Zeit hatten sie ein Schulhaus errichtet. Die Frauen verschönerten die Wohnung neben dem Klassenzimmer mit fröhlichen Vorhängen und Teppichläufern. „Für den Fall, dass unser Lehrer eine Frau hat, soll sie sich hier wohlfühlen", erklärten sie. Brit plante, auch eine Kirche zu bauen, falls sie jemanden finden könnten, der bereit wäre, hierzubleiben.

Nachdem über ein Jahr lang gesucht worden war, fand sich ein Lehrer. Da er Bergarbeiter und ihre Art nicht gewohnt war, verließ er die Stadt im nächsten Frühling wieder. Zwei weitere folgten seinem Beispiel, und die Klagen über den Lehrer, der zurzeit die Kinder der Stadt unterrichtete, mehrten sich. Außerdem war es Brit nicht gelungen, einen Arzt oder einen Pfarrer für die Stadt zu gewinnen. Er sagte verzweifelt zu Charley January: „Wenn ich gewusst hätte, dass ich der Stadtvater werden würde, hätte ich dich nie auf meinem Land nach Bodenschätzen suchen lassen."

„So schlecht ist das nicht." Charley steckte die Daumen unter seine leuchtend roten Hosenträger und grinste. „Zum ersten Mal in meinem Leben respektieren mich die Leute. Außerdem können wir, da es *unsere* Stadt ist, bestimmen, wo es langgeht, wenigstens innerhalb der Stadtgrenzen. Zum Beispiel können wir dafür sorgen, dass keine Saloons entstehen." Er runzelte die Stirn. „Aber natürlich haben wir keinen Einfluss darauf, was außerhalb der Stadt geschieht. Deshalb brauchen wir wirklich dringend einen Pfarrer." Sein Stirnrunzeln vertiefte sich. „Und auch einen neuen Lehrer. Als ich neulich an der Schule vorbeiging, habe ich gesehen, wie dieser bleichgesichtige Kerl mit fliegenden Rockschößen zwei Jungen durch das Gebäude jagte. Die restlichen Schüler jagten hinter dem Lehrer her. Er hat nicht die Gabe zu unterrichten, wenn du mich fragst." Charley schaute Brit entschuldigend an. „Ich weiß, dass du getan hast, was du konntest, aber unsere Kinder brauchen Disziplin, und diese ärmliche Ausgabe eines Mannes ist damit überfordert."

Brit seufzte und hatte das Gefühl, die Last der ganzen Welt lege sich auf seine Schultern. Wieder einmal. „Ich weiß. Ich dachte, er wäre vielleicht besser als gar niemand, aber ich habe mich geirrt. Außerdem habe ich die Hoffnung nicht aufgegeben, er könnte sich bessern. Darin habe ich mich auch geirrt. Ich schicke noch einmal Stellenausschreibungen los und hoffe, dass wir diesmal mehr Erfolg haben. Im Grunde wäre jede andere Lösung besser als das, was wir jetzt haben." Er nahm einen Stift und schrieb: *Gesucht: Ein Pfarrer. Ein Arzt. Ein Lehrer. Falls Sie einen dieser Berufe gelernt haben und eine Stelle suchen, schreiben Sie bitte an Briton Farley, Last Chance, Idaho.*

Brit schien es, als verginge eine Ewigkeit, bis sich jemand bei ihm wegen seiner Anzeigen meldete, die er in Zeitungen im ganzen Land erscheinen ließ. Schließlich traf ein einziger, einsamer Brief ein. Der Vorsitzende des Schulausschusses warf einen Blick auf den Absender: Marcus Macrae, Boston, Massachusetts.

„Boston?", schnaubte Brit. Ein früherer Bewerber von der Ostküste war ein Verkäufer gewesen, der in den Westen kommen und in seiner Freizeit Büffel jagen und gegen Nez-Percé-Indianer hatte kämpfen wollen! Der Mann war offenbar so ungebildet gewesen, dass er nicht gewusst hatte, dass der Krieg gegen die Nez Percé seit 1877 zu Ende war, nachdem Häuptling Joseph ungefähr achthundert seiner Leute in einem verzweifelten Marsch über sechzehnhundert Kilometer nach Kanada geführt hatte. Im Glauben, sie wären in Sicherheit, hielten sie nur sechzig Kilometer von der Grenze und der Freiheit entfernt an, um sich auszuruhen. Häuptling Josephs Worte, als er sich nach einem fünftägigen Kampf ergab, waren legendär geworden: „Ich werde nie wieder kämpfen."

Brit hatte es nicht einmal für nötig angesehen, auf diese Bewerbung zu antworten.

Er wollte den Brief aus Boston schon wegwerfen, aber seine Neugier war stärker. Er riss den Umschlag auf. Einige zusammengefaltete Zettel fielen heraus. Brit entfaltete den Brief und begann zu lesen:

Sehr geehrter Mr Farley,
ich möchte mich für die Stelle als Pfarrer in Ihrer Stadt bewerben. Ich glaube, Gott beruft mich nach Last Chance. Ich habe in einem gewissen Umfang Medizin studiert und kann also ein wenig aushelfen, falls Ihre Stadt immer noch ohne Arzt ist.

Eine Liste mit Qualifikationen und mehreren Referenzen folgte, dann fügte er hinzu: „Ich könnte ab April anfangen."

Nez Percé wieherte und holte Brit in die Gegenwart zurück. Die Kälte in der Luft machte ihn darauf aufmerksam, dass der Tag zu Ende ging. Er sollte am besten das tun, wozu er hierhergekommen war, und dann nach Last Chance zurückreiten. Brit beugte den Kopf. „Herr, dieser Marcus Macrae klingt ehrlich und intelligent. Irgendwie ist seine Bewerbung fast zu gut, um wahr zu sein. Aber welch andere Wahl habe ich?"

Eine Stille legte sich über den Wald … und das Gefühl, dem Brit im Laufe der Jahre, seit er den Willen des Herrn suchte, gelernt hatte zu vertrauen und zu folgen. Er stand auf, hob die Zügel hoch und schwang sich auf den Sattel.

Morgen würde er einen Brief mit einem kurzen Satz nach Boston schicken: *Wir freuen uns, Sie im April als unseren Pfarrer begrüßen zu dürfen.*

Kapitel 5

Jede Umdrehung der Eisenbahnräder auf der Reise von Massachusetts nach Idaho verstärkte Meredith Rose Macraes Elend noch mehr. Marcus' wachsende Freude über das neue Leben, dem sie entgegenfuhren, vertiefte ihre Niedergeschlagenheit. Er war genauso aufgeregt wie vor ein paar Jahren, als er sich von Gott berufen gesehen hatte, Pfarrer zu werden. Sie starrte aus dem Fenster, während die puffende, rauchende Lokomotive sie von allem wegbrachte, was ihr bekannt und vertraut war. Vor ihren traurigen Augen verwandelte sich der Zug in ein Ungeheuer, das es ihr unmöglich machte, in ihr früheres Leben zurückzukehren.

„Andererseits möchte ich in dieses Leben überhaupt nicht zurück", flüsterte sie in einem einsamen Moment, als Marcus das Abteil verlassen hatte. Zorn ließ ihr Blut erneut aufwallen. Ab dem Moment, in dem die High Society von Boston vom finanziellen Unglück der Macraes erfahren hatte, schlug man ihr die Türen vor der Nase zu. Aber nicht nur die Gesellschaft reagierte so. Als Meredith Rose Miss Grenadier mitteilte, dass sie bis zum Ende des Schuljahrs weiter unterrichten könnte, da sie nun doch nicht heiratete, schaute die Frau sie missbilligend an und sagte eisig: „Unmöglich! Wir haben Sie und Mr Calloway durch geeignetere Lehrer ersetzt."

„Wie können Sie es wagen, mich mit diesem Scharlatan in einen Topf zu werfen?", fragte Meredith Rose aufgebracht.

„Ich lege wirklich keinen Wert darauf, mit Ihnen darüber zu diskutieren. Guten Tag, Miss Macrae." Miss Grenadier rauschte aus dem Zimmer und zog ihre voluminösen Röcke an sich, als hätte sie Angst, sich zu beschmutzen. Andere benahmen sich ähnlich. Von einem Tag auf den anderen wurden die vorher angesehenen und umschwärmten Macraes zu Außenseitern. Nur wenige mutige Seelen wagten es, gegen den Strom der öffentlichen Meinung zu schwimmen und sie zu besuchen. Meredith Rose fiel es schwer, sie herzlich zu begrüßen, und bald stellten auch sie ihre Besuche ein.

„Kopf hoch, Schwesterherz", forderte Marcus sie mit einem ermutigenden Schulterklopfen auf. „Niemand in Last Chance schert sich um Herbert Calloway oder Miss Grenadier und ihre Schule für junge Damen." Seine Augen funkelten. „Wir befolgen Jesu Rat, den er seinen Jüngern in Lukas 9,5 gab: ‚Und wenn sie euch nicht aufnehmen, dann geht fort aus dieser Stadt und schüttelt den Staub von euren Füßen zu einem Zeugnis gegen sie.'"

Diese Vorstellung malte ein so lebendiges Bild vor Meredith Roses Augen, dass sie laut lachen musste. Aber als das Leben, so wie die Macraes es bisher kannten, sich dem Ende entgegenneigte, hatten sie weder Zeit noch Grund zu lachen. Selbst Marcus war nicht bewusst gewesen, wie verheerend es um ihre Finanzen stand. Wortlos schauten er und Merry zu, wie Stück für Stück des teuren Porzellans und der Möbel für einen Spottpreis verkauft und weggebracht wurden. Die Schneiderin hatte Meredith Rose erlaubt, ihr Hochzeitskleid zurückzugeben, da es in der Öffentlichkeit nicht gesehen worden war, aber natürlich zu einem weit niedrigeren Preis.

Der Tag der Abfahrt brach regnerisch und grau an. Die Zwillinge bestiegen den Zug. Keiner von ihnen schaute zurück. Marcus nahm die Hand seiner Schwester in ihrem dünnen Handschuh. „Wir haben immer noch einander", tröstete er sie. „Und Gott."

Meredith Rose drückte wortlos seine Finger. Ja, sie hatten einander. Und Gott? Sie zuckte unter dem Reisekleid aus dunkelblauem Tuchstoff, das sie für ihre Fahrt ins Ungewisse gewählt hatte, die Schultern. Vielleicht würde sie eines Tages das Gute erkennen, das aus schweren Situationen entstand, wie Marcus sagte. Aber jetzt nicht. Jetzt klang das traurige Pfeifen des Zuges wie eine Stimme, die *‚fort, fort'* weinte, während sie ihr Exil antraten.

Die Fahrt in Richtung Westen steckte voller Überraschungen. Sanft gewellte Hügel gingen in Ackerland über, dann folgte eine Gegend, die so flach war, dass sie endlos weiterzugehen schien. Ihre Augen waren schon müde von der Eintönigkeit der Landschaft, als Meredith Rose den ersten Blick auf das Vorgebirge erhaschte, das zu den majestätischen Rocky Mountains hinaufführte. Dieser herrliche Anblick verschlug ihr die Sprache. Ihr Interesse war geweckt. Marcus hatte gesagt, Last Chance liege in den Bergen. Würde es dort so aussehen wie hier?

Endlich erreichten sie Idaho, aber die beschwerlichste Etappe der Reise lag noch vor ihnen. Die klapprige Postkutsche, die sie den letzten Teil ihrer Reise befördern sollte, hatte wenig Ähnlichkeit mit einem Transportmittel, das für menschliche Fahrgäste geeignet war. Meredith Rose war nach Weinen zumute, aber sie biss die Zähne zusammen und stieg ein. Dabei stolperte sie fast über zwei lange, ausgestreckte Beine.

„Entschuldigung, Madam." Die Beine klappten sich wie ein Akkordeon zusammen. „Ignatius Crane. Zu Ihren Diensten."

Meredith Rose setzte sich in die hinterste Ecke der Kutsche, so weit wie möglich weg von dem großen, dünnen Mann, dessen grau durchzogene Haare und farblose Augen nicht dazu beitrugen, sein pferdeähnliches Gesicht zu verschönern. Sie wagte es nicht, Marcus anzuschauen, der sein Lachen durch ein lautes Husten verbarg.

„Wer sind Sie?", fragte ihr Reisebegleiter.

„Marcus Macrae. Das ist meine Schwester."

„Oh. Der neue Pfarrer." Ignatius' nach unten hängende Mundwinkel zogen sich nach oben. „Gut. Ich fahre selbst auch nach Last Chance. Dann können wir uns ja schon einmal kennenlernen." Er wandte sich an Meredith Rose. „Was ist mit Ihnen?"

Sie bedachte ihn mit einem Blick, der so kalt war, dass er die Niagarafälle zum Gefrieren hätte bringen können. „Wie bitte?"

Er seufzte. „Das ist doch wieder einmal typisch für die Leute aus dem Osten! Ihren Vornamen, Lady. Ihren Namen."

„*Miss* Macrae." Am liebsten hätte sie hinzugefügt: „Auch wenn Sie das überhaupt nichts angeht." Aber sie verkniff es sich. So ungehobelt dieser Mann auch war, war Ignatius Crane der erste Mensch, den sie und Marcus aus Last Chance kennenlernten – vielleicht war er ein Mitglied von Marcus' Gemeinde. Sie schickte ein Stoßgebet zum Himmel, dass nicht alle Menschen in ihrer neuen Heimatstadt so wären wie er.

Ignatius bog sich fast vor Lachen über ihre Antwort. „Ich habe schon gehört, dass die Leute aus Boston eine sehr hochnäsige Art haben. Machen Sie sich keine Sorgen, kleine Dame. Ich werde dafür sorgen, dass die Leute Sie richtig behandeln." Er steckte das Kinn in seinen hohen Kragen. „Was Ignatius Crane in Last Chance sagt, das gilt." Er triefte vor Stolz.

„Sind Sie einer der Stadtväter?", erkundigte sich Marcus.

Meredith Rose hätte ihn am liebsten gezwickt. Das Letzte, was sie in der schaukelnden, holprigen Kutsche brauchte, war ein Monolog von dem einzigen anderen Fahrgast. Die dünnen Lippen verzogen sich zu einem hämischen Grinsen. „Das kann man wohl sagen. Ich und Brit Farley bestimmen sozusagen, was in der Stadt passiert." Er strich sich über das Kinn. „Im Schulausschuss und so weiter."

Zum ersten Mal, seit sie Boston verlassen hatte, erfüllte Meredith Rose eine ungetrübte Belustigung. Wenn nur Miss Grenadier diesen Ignatius sehen könnte! Sie würde vor Entsetzen in Ohnmacht fallen, wenn sie hören würde, wie diese Karikatur eines Mannes verkündete, dass er Mitglied eines Schulausschusses sei!

Die Belustigung hielt nicht lang an. Bald schmerzte Meredith Rose vom holprigen Schaukeln der Kutsche der ganze Körper. Sie lehnte sich zurück und schloss die Augen, aber Cranes unangenehme Stimme krächzte unaufhörlich weiter. Erst als Marcus fragte: „Haben Sie schon einen neuen Lehrer gefunden?", wurde sie hellhörig.

„Es ist weit und breit keiner in Sicht. Ihre Schwester ist nicht zufällig Lehrerin, was?"

„Sie …"

Ein scharfer Ellbogenstoß in die Rippen ihres Bruders verhinderte gerade noch rechtzeitig ein Geständnis, das einen irreparablen Schaden anrichten könnte. Meredith Rose beugte sich vor, zwang sich, ihr charmantestes Lächeln aufzusetzen, und sagte: „Mr Crane, da Sie offensichtlich ein so wichtiger Mann in Last Chance sind, wissen Sie vielleicht auch, wo mein Bruder und ich wohnen werden?"

Er teilte seine Haare mit einem knöchrigen Finger und strahlte sie an. „Die Leute wollten, dass der Pfarrer abwechselnd bei ihnen wohnt und isst, aber als ich hörte, dass der Pfarrer eine Dame mitbringt, habe ich Brit Farley sofort gesagt, dass das nicht gut sei." Er blähte seinen Brustkorb auf. „Du kannst eine echte Bostoner Dame nicht von einem zum nächsten weiterreichen, habe ich gesagt."

Marcus' Augen funkelten vor Belustigung. „Und was hat Mr Farley gesagt?"

„Brit? Er hat mir recht gegeben. Da wir im Moment keinen Lehrer haben, wohnen Sie in den Räumen, die hinter dem Schulhaus angebaut sind."

Meredith Rose glaubte, falsch gehört zu haben. „Sie meinen, wir werden in einem Schulhaus wohnen?"

Ignatius blinzelte. „Natürlich. Es ist wirklich schön, Madam. Die Frauen ..." Er plapperte weiter und lobte ausführlich die Vorzüge der Wohnung hinter dem Schulhaus. Er schloss mit dem Hinweis: „Wenn Sie sich entscheiden zu bleiben, und das hoffe ich wirklich – es kommt nicht jeden Tag vor, dass Last Chance so gute Leute wie Sie bekommt – können wir Ihnen im Handumdrehen eine Hütte bauen, wenn ein Lehrer kommt."

Meredith Rose sank erschöpft auf ihrem Sitz zurück und fragte im Stillen: *Was kommt noch alles auf uns zu?*

Die Anfangsworte eines Kirchenliedes kamen ihr in den Sinn. *„Meine Seele war im traurigen Exil draußen auf dem Meer des Lebens ..."* Sie schloss die Augen. Als sie dieses Lied das letzte Mal gehört hatte, hatte es ein exzellentes Quartett in der Kirche gesungen, die sie seit ihrer Kindheit besucht hatte. Ihr Herz hatte bei den aussagekräftigen Worten des Refrains höhergeschlagen:

Meine Seele wirft Anker im Friedenshafen,
ich segle nicht mehr über das weite Meer;
selbst wenn der Sturm über die wilde,
stürmische See zieht,
werde ich in Jesus auf ewig sicher sein.

Würde es für sie jemals wieder einen Friedenshafen geben? Einen Ort, der frei von Stürmen war, an dem sie sich sicher fühlen könnte? Gewiss nicht in Last Chance, Idaho. Sie begann einen Plan zu schmieden. Sie würde diese elende Situation überleben, egal, was dazu nötig war. Trotz seines Eifers würde Marcus sicher bald den Mut verlieren, wenn der Mann, der ihnen gegenübersaß, typisch für die Menschen war, mit denen er arbeiten musste. Dann würde er bereit sein, woanders hinzugehen. Dieser unangenehme Mann plapperte unaufhörlich weiter. Meredith Rose hatte noch nie zuvor ein so heuchlerisches Gerede gehört. Sie schürzte die Lippen. Sie war früher schon eingebildeten Männern begegnet, aber diese Vogelscheuche stellte eindeutig alles in den Schatten.

Sie öffnete die Augen nur so weit, dass sie ihn durch ihre Wimpern hindurch beobachten konnte. Ihr Unbehagen wuchs immer mehr. Während er Marcus seine Meinung zu allem verkündete, angefangen dabei, wie ein Pfarrer predigen sollte, bis hin zu seiner nur dünn verschleierten Verachtung gegenüber Brit Farley, warf Ignatius ihr immer wieder kühne Blicke zu. Bei der besitzergreifenden Miene in seinem Gesicht wurde ihr übel und sie zog ihre Röcke so weit wie möglich von ihm weg.

Genauso wie Miss Grenadier.

Meredith Rose zuckte zusammen. Ihr wurde plötzlich am ganzen Körper warm. Woher war dieser störende Gedanke gekommen? Die zwei Situationen hatten noch weniger miteinander zu tun als Idaho und Boston.

Wirklich? Sie hatte sich einem Mitmenschen gegenüber genauso deutlich und überheblich verhalten, wie Miss Grenadier es mit ihr gemacht hatte. Die Erinnerung an diese Demütigung beschämte sie. Meredith Rose warf einen vorsichtigen Blick auf Ignatius, um zu sehen, ob er ihre Geste bemerkt hatte. Sie schickte ein schnelles Dankgebet zum Himmel, als er weiter auf ihren Bruder einredete. So ungehobelt er auch war, sollte dieser Mann nie so leiden müssen, wie Meredith Rose Macrae gelitten hatte, als Miss Grenadier aus dem Zimmer stolziert war, als fliehe sie vor einer ansteckenden Krankheit. Zu müde, um klar denken zu können, schlief sie an der Schulter ihres Zwillingsbruders ein. Eine Weile später wurde sie von Marcus' Stimme aus dem Schlaf gerissen. „Wach auf, Merry. Wir sind hier."

„So heißen Sie also! Ein wirklich hübscher Name." Ignatius Cranes näselnde Bemerkung weckte sie vollends auf. „Wir machen hier nicht groß mit *Miss* und *Mister* herum."

Meredith Roses Temperament ging mit ihr durch. Ihr war egal, ob er ein Gemeindemitglied war, einer der Stadtväter oder ein Mitglied des Schulausschusses – sie würde sich die Grobheiten dieses ungehobelten Mannes nicht gefallen lassen. „Sie sprechen mich entweder mit Miss Macrae an oder überhaupt nicht", fauchte sie.

Die Bewunderung, die sie in seinen Augen gesehen hatte, verwandelte sich in einen Ausdruck, der ihr Angst machte. Auch wenn er ihr zu nahegetreten war, war das kein Grund, sich ebenso ungehobelt zu verhalten wie dieser Mann. Als sie sah, wie sich seine Augen zusammenzogen, wurde sie an etwas erinnert, das Marcus vor langer Zeit einmal gesagt hatte: „Manche Leute hat man besser zum Freund als zum Feind." Galt das auch für Ignatius Crane? Was hatte sie nur getan?

Obwohl sie es hasste, klein beizugeben, zwang sie sich zum zweiten Mal zu einem Lächeln. „Bitte nehmen Sie es nicht persönlich", sagte sie. „Es ist nur so, dass niemand außer meinem Bruder mich so nennt."

Er schaute sie argwöhnisch an, aber ihr blieb es erspart, noch mehr sagen zu müssen, da der Kutscher in diesem Moment laut rief: „Stehen bleiben, ihr lahmen Pferde!", und eine tiefe, männliche Stimme rief: „Hast du sie mitgebracht, Len?"

„Natürlich, und sie sieht richtig gut aus." Ein herzhaftes Lachen folgte.

Meredith Rose wand sich innerlich. Die Kutschentür wurde aufgerissen und eine starke Hand wurde hereingestreckt.

„Marcus Macrae? Miss Macrae? Willkommen in Last Chance. Ich bin Briton Farley."

Kapitel 6

Die respektvolle Art, mit der Briton Farley ihren Namen aussprach, trug sofort dazu bei, bei Meredith Rose fröhlichere Gedanken über ihr Leben in Last Chance hervorzurufen. Die gleiche Wirkung hatte die tief gebräunte Hand, die Marcus' Hand schüttelte. Sie verriet Stärke und Schutz. Egal, wie sich dieser Mann aus dem Westen sonst zeigen würde, wäre er bestimmt ein Fels in der Brandung.

Sei nicht albern, tadelte sie sich im Stillen. *Du weißt nichts über den Mann außer seinem Namen.* Doch plötzlich war es wichtig, ob Mr Farleys Gesicht den Eindruck bestätigen würde, den seine Hände und seine Stimme erzeugten. Der Wunsch, für Last Chance gut auszusehen, veranlassten Meredith Rose, ihr Kleid glattzustreichen und ihren Hut geradezurücken. Zum Glück war Marcus aus der Kutsche gestiegen, und Ignatius war ihm gefolgt. Das gab ihr einen Moment, sich zu sammeln.

Meredith Rose holte tief Luft und versuchte aufzustehen. Leider war die lange Fahrt nicht spurlos an ihr vorbeigegangen. Ihr rechter Fuß knickste um und ihr entfuhr ein leises Stöhnen.

Marcus' Kopf erschien wieder im Türrahmen. „Was ist, Merry? Ist mit dir alles in Ordnung?"

„Mir geht es gut", erwiderte sie. „Aber mein Fuß ist eingeschlafen." So viel zu ihrem Wunsch, einen würdevollen Eindruck zu erwecken! „Stolz kommt vor dem Fall", murmelte sie, während sie kräftig aufstampfte, um die Blutzirkulation in ihrem Fuß wieder in Gang zu setzen.

Marcus lachte, dann sagte Briton Farleys unüberhörbar belustigte Stimme: „Genau genommen heißt es: ‚Stolz kommt vor dem Verderben und Hochmut vor dem Fall.'"

Über diese Bemerkung erstaunt, legte Meredith Rose die Hand auf den Arm ihres Bruders und stieg aus der Postkutsche. Wer war dieser Mann, der sich in der Bibel auskannte und sich auch nicht scheute, sie vor dem Fahrer, Ignatius Crane und der großen Menschenmenge hinter ihm zu zitieren? Sie schaute auf. Und weiter hinauf. Briton Farley überragte ihren ein Meter achtzig großen Bruder um mindestens fünf Zentimeter. Mit ihren eigenen ein Meter siebzig kam Meredith Rose sich neben ihm winzig vor. Die Aprilsonne schien auf seinen Kopf und verwandelte seine Haare in reines Gold. Die Sonne spiegelte sich in seinen lachenden, bernsteinfarbenen Augen und verstärkte sein breites Lächeln. Selbst seine abgetragene, aber fleckenlose Arbeitskleidung konnte nicht davon ablenken, dass Briton Farley außer Marcus der am besten aussehende Mann war, den sie je gesehen hatte.

Ein Bild von Herbert Calloway tauchte für einen kurzen Moment vor ihrem inneren Auge auf. Ihr früherer Verlobter könnte diesem Rancher / Silberminenbesitzer / Vorsitzenden des Schulausschusses / Stadtvater niemals das Wasser reichen. In ihr regte sich der unvernünftige Grund, laut loszulachen. Wie empört Herbert wäre, wenn er wüsste, dass die Frau, die er sitzen gelassen hatte, auf der staubigen Straße eines Bergbaustädtchens in Idaho stand und ihm im Vergleich mit Briton Farley so schlechte Noten gab!

Meredith Rose merkte, wie ein Lächeln ihre Mundwinkel nach oben zog. Höflich streckte sie ihm die Hand hin. „Danke für die Korrektur, Mr Farley", sagte sie.

„Nochmals herzlich willkommen in Last Chance." Eine Miene, die sie nicht deuten konnte, zog über sein Gesicht. Doch bevor sie sich darüber Gedanken machen konnte, dröhnte Ignatius' näselnde Stimme wie ein ungebetener Gongschlag in ihren Ohren. „Das ist nicht nötig, Brit. Ich habe sie schon begrüßt."

Meredith Roses Aufmerksamkeit richtete sich auf den Mann, der mit finsterer Miene in ihre Richtung blickte und vielsagend hinzufügte: „Vergiss das nicht! Ich habe sie zuerst gesehen."

„Lass Miss Macrae bloß in Ruhe", rief eine füllige Frau von Weitem. Sie bahnte sich mit Ellbogen einen Weg durch die Menge, bis sie vor den Macraes stand. „Ich bin Katie Reilly. Mir gehört Katies Küche." Sie nickte mit dem Kopf über die Straße zu dem Gebäude hinüber. Gestärkte, rot karierte Vorhänge an den glänzenden Fenstern machten das Café sehr einladend. „Falls Ignatius ankommt und Sie umwerben will, wie er das mit jeder anderen unverheirateten Frau in der Stadt bis jetzt gemacht hat, sagen Sie es mir. Dann ziehe ich ihm mit meinem Nudelholz eins über."

Ein zustimmendes Murmeln und Lachen machten die Runde. Marcus schüttelte der Restaurantbesitzerin feierlich die Hand. „Bei einer Beschützerin wie Ihnen, Mrs Reilly, kann meiner Schwester nichts passieren." Während die Umstehenden zum zweiten Mal laut ihre Zustimmung kundtaten, drehte er sich zu Crane herum. „Ich halte viel davon, die andere Wange hinzuhalten, aber es gibt auch Zeiten, in denen man zuschlagen muss. Verstehen wir uns?"

Ignatius machte eine Bewegung, die einem Nicken ähnlich kam, wich aber nicht zurück. Meredith Rose war hin und her gerissen zwischen Verlegenheit, dem Wunsch zu schreien und dem dringenden Bedürfnis, die Tränen zurückzuhalten, als Marcus und Katie Reilley so für sie eintraten. „D-danke." Sie wandte sich an Briton Farley und fragte: „Werden Sie Mr Crane auch schlagen oder mit dem Nudelholz bearbeiten, wenn er mich belästigt?" Ihre Hand fuhr an ihren Mund. Hatte sie denn den Verstand verloren? Was war aus ihren guten Vorsätzen geworden, Ignatius höflich zu behandeln?

Das Lächeln des Ranchers verwandelte sich in eine grimmige Miene. Seine Augen sahen aus wie geschmolzenes Gold. „Ich werde noch mehr machen", versprach er und schaute den Mann finster an, der versucht hatte, unerlaubte Besitzansprüche bei der Schwester des Pfarrers geltend zu machen. Seine steife Haltung warnte Meredith Rose, dass Brit zwar vielleicht einem schlafenden Berglöwen ähnelte, aber dass er, wenn er geweckt wurde, genauso gefährlich sein konnte wie ein Löwe. Seine Stimme durchschnitt das plötzliche Schweigen wie eine Peitsche: „Niemand, ich wiederhole: *niemand* wird Miss Macrae ungebeten seine Aufmerksamkeit aufdrängen. Verstanden?"

Meredith Rose erwartete, dass Crane wie ein geschlagener Welpe den Kopf einziehen würde. Stattdessen grinste er nur und wollte wissen: „Schließt *niemand* auch *dich* ein, Brit?"

Die Stimmung der Umstehenden verwandelte sich in ein verärgertes Murren. Das verriet lauter als alle Worte, in welch hohem Ansehen Brit Farley in der Stadt Last Chance stand. Der groß gewachsene Mann ballte die Hände zu Fäusten und senkte den Kopf, als wollte er sich jeden Augenblick auf sein Gegenüber stürzen. Wütende Gefühle, von denen Meredith Rose bisher keine Ahnung gehabt hatte, regten sich in ihr. Ihre Fingernägel gruben sich in ihre Handflächen. Einen verrückten Moment lang hoffte sie, Brit würde diesen abstoßenden Crane so lange verprügeln, bis er um Gnade schrie.

Ihr Verteidiger löste seine Fäuste langsam wieder. Eine seiner goldbraunen Augenbrauen zog sich in die Höhe. „Als Mitglied des Schulausschusses weißt du doch sicher, was das Wort *Niemand* bedeutet", sagte er leise. Er bot Meredith Rose seinen Arm an. „Wenn Sie und Ihr Bruder jetzt mit mir kommen, würde ich Ihnen gern zeigen, wo Sie wohnen werden." Er lächelte die Menge an. „Pastor Macrae und seine Schwester haben eine lange, anstrengende Fahrt hinter sich. Später haben alle genug Zeit, sie zu begrüßen."

Katie Reilly seufzte. „*Falls* sie hierbleiben nach allem, was Ignatius gerade getan hat."

Crane warf ihr einen bösen Blick zu und starrte dann Meredith Rose an. Es kostete sie ihre ganze Selbstbeherrschung, um unter seinem wütenden Blick ruhig zu bleiben. Würde er, da ihm jetzt die Chance verwehrt wurde, sie zu „umwerben", ihr Feind werden? Und Marcus' Feind? Konnte er die Stadt gegen die Macraes aufbringen?

Marcus tätschelte Katie Reillys Schulter. „Wir sollten am besten einfach vergessen, was gerade passiert ist. Eine Stadt besteht aus vielen verschiedenen Menschen." Er setzte sein Grinsen auf, von dem seine Zwillingsschwester überzeugt war, dass er damit fast alles bekommen konnte, was er wollte, und wandte sich an die umstehende Menge. „Am kommenden Sonntag ist Gottesdienst. Ich hoffe, dass wir uns alle dort sehen." Er bedachte sogar Ignatius mit einem freundlichen Lächeln.

„Wir werden da sein, Herr Pfarrer", rief eine laute Stimme. „Ein Mann, der sich für Frauen einsetzt, hat uns bestimmt etwas zu sagen, das sich anzuhören lohnt!" Ein beipflichtendes Murmeln folgte. Bei dieser Zustimmung wurde Meredith Rose warm ums Herz, jedoch nicht so sehr wie bei der starken Hand, die sanft auf ihrer lag, bevor Briton Farley sagte: „Lassen Sie sich von Crane nicht beeindrucken, Miss Macrae. Er ist eigentlich harmlos. Die meisten Leute hier sind gute Menschen. Sie sind zwar wahrscheinlich rauer, als Sie es gewohnt sind, aber sie haben ein weiches Herz und sind ehrlich."

„Es überrascht mich, dass es hier so viele Steinhäuser und Geschäfte gibt", bemerkte Marcus. Er deutete die Straße entlang, die sich vor ihnen erstreckte. Meredith Roses Blick folgte seinem, dann wanderte er zu den bewaldeten Hängen hinauf, die die Stadt umgaben. Auf dem ganzen Weg von Boston bis hierher hatte sie versucht, sich ein Bild davon zu machen, wo sie und Marcus wohnen würden. Bis jetzt gab es anscheinend nichts, vor dem sie Angst haben musste. Die Stadt schmiegte sich zwischen die Berge. Aus der Ferne konnte sie Maschinengeräusche hören, die zu den Silberminen gehören mussten, aber es war so weit von der Stadt entfernt, dass es nicht mehr war als eine leise Erinnerung daran, warum es Last Chance gab.

„Wir sind dabei, aus diesem Ort eine echte Stadt zu machen." Brit grinste. „Es hat sich sehr vieles verändert, seit mein alter Freund Charley January mir half mein Blockhaus zu bauen und dann ein Schild davorhängte, auf dem stand: LAST CHANCE. BEWOHNER: 2." Er zögerte. „Wenn Sie sich eingelebt haben, würde ich Sie gern einladen, auf meine Ranch hinauszukommen." Wieder trat der Blick, der Meredith Rose schon vorhin aufgefallen war, in seine Augen. Nach einem Moment sagte er: „Bitte vergeben Sie mir, wenn ich Sie so anstarre, Miss Macrae. Sie erinnern mich an eine Frau, die mir einmal alles bedeutet hat." Traurigkeit zog über sein Gesicht.

Meredith Roses Stimmung hatte sich deutlich gebessert, seitdem sie festgestellt hatte, dass Last Chance doch nicht so schlimm war wie befürchtet. Jetzt purzelten ihre Gefühle wieder in den Keller. War diese Frau seine Frau gewesen? Brit Farley war offensichtlich nie über den Verlust hinweggekommen. *Warum sollte dich das interessieren?*, schalt sie sich wütend. *Er ist für dich nichts weiter als derjenige, der dich nach Last Chance geholt hat. Je früher du Marcus überzeugst, dass Gott ihn in Wirklichkeit nicht berufen hat, hier zu arbeiten, umso besser. Bist du etwa ein dummes Schulmädchen und verlierst bei einem charmanten Lächeln und einem Mann, der jungen Damen in Not zu Hilfe eilt, gleich den Kopf? Denkst du, er sei dein Märchenprinz, der auf einem weißen Pferd reitet?*

Zum zweiten Mal an diesem Tag platzte sie mit Worten heraus, die sie besser nicht ausgesprochen hätte: „Was für ein Pferd reiten Sie?"

Brit blinzelte. „Mein Lieblingspferd ist mein Hengst Nez Percé."

„Welche Farbe hat er?"

„Goldbraun mit schwarzer Mähne und schwarzem Schweif. Warum?"

„Es hat mich nur interessiert."

So viel zu ihren Märchenfantasien! Sie schwieg und beeilte sich, um mit Brits großen Schritten mitzukommen. War sie dieselbe Meredith Rose Macrae, die sie in den ersten siebenundzwanzig Jahren ihres Lebens gewesen war? Heute hatte sie an einem einzigen Tag schon einen Rüpel ertragen, mindestens zwei Menschen gefunden, die sie verteidigen würden, sich gewünscht, dass Ignatius verprügelt würde, und war enttäuscht gewesen, weil sie herausfand, dass das Herz eines Fremden immer noch an einer verlorenen Liebe hing. Aber sie fühlte sich so lebendig wie seit Jahren nicht mehr.

Vielleicht war es die Freundlichkeit der Menschen hier, die sie gegen einen aus ihren eigenen Reihen verteidigt hatten. Oder der unvergleichlich blaue Himmel und die strahlende Sonne. Auch wenn sie den Grund nicht genau nennen konnte, fühlte sie sich bereit, es mit allem aufzunehmen, was als Nächstes kam – selbst wenn das bedeutete, in einem Schulhaus zu wohnen!

Als sie das Blockhaus erreichten, das auf einer Anhöhe stand und von Bäumen und Wildblumen umgeben war, konnte Meredith Rose ihre Neugier kaum verbergen. Wie sah es wohl in dem Haus aus? Sie brauchte nicht lange zu warten. Brit öffnete die Tür und hielt sie ihr auf. Der bekannte Schulgeruch nach Kreide, vermischt mit dem unbekannten Waldgeruch, der durch die offenen Fenster zog, weckte in ihr ein starkes Heimweh. Trotz allem, was passiert war, hatte sie es genossen, in Miss Grenadiers Schule für junge Damen zu unterrichten.

Sie betrachtete die sauber gebauten Holztische, die so ganz anders aussahen als die Bilder von alten Schulhäusern, die sie in Zeitschriften über Schulen in abgelegenen Orten auf dem Land und in den Bergen gesehen hatte. Die offenen Schränke zeigten eine gute Auswahl an Büchern und Unterrichtsmaterial. Ein großer, schwarzer Holzofen stand auf einer Seite des Raumes. Meredith Roses Blick wanderte zum Lehrerpult. Eine offene Bibel lag auf der blank polierten Oberfläche.

„Was für eine gut ausgestattete Schule!", schwärmte Marcus. „Merry, du könntest hier Wunder vollbringen!" Er bereute seinen Begeisterungsausbruch sofort, aber es war zu spät. Die Katze war aus dem Sack, saß jetzt gemütlich auf dem Lehrerpult und grinste Meredith Rose herausfordernd an.

Brit sah entzückt aus. „Miss Macrae, sagen Sie nicht, Sie sind Lehrerin!“ Seine Worte sprudelten aus seinem Mund wie ein Bergbach, der zum Meer strömt. „Gott sei Dank!“ Er ergriff ihre Hand und drückte sie. „Sie sind wirklich eine Gebetserhörung.“

Es kostete sie viel Mühe, aber sie wehrte seinen von Herzen kommenden Ausruf ab und sagte: „Ich? Hier unterrichten? Absurd! Es tut mir leid, Mr Farley, aber ich fürchte, Sie müssen weiterbeten.“

„Wie wollen Sie wissen, dass Gott Sie nicht hierher in diese Schule geschickt hat, solange Sie es nicht versuchen?“

Auf diese Frage wusste sie keine Antwort. Sie befreite ihre Hand und machte sich mit ihren Handschuhen zu schaffen. Alle Kälte, die sie aufbringen konnte, legte sie in ihre Stimme und sagte zu ihm: „Zum einen habe ich nur solche Fächer unterrichtet wie Benehmen, Theater, Musik und Kunst.“

„Gut.“ Er strahlte. „Umso besser für unsere Kinder, wenn sie nicht nur ihr ABC lernen, sondern auch solche Dinge. Es wird nicht schwer. Dieses Schuljahr hat nur noch ein paar Wochen, und dann haben Sie den ganzen Sommer, um sich für den Herbst vorzubereiten.“

Wenn irgendetwas auf der Welt Meredith Rose umstimmen konnte, dann waren das Brits glückliches Lächeln, sein absolutes Vertrauen in ihre Fähigkeiten und sein Glaube, dass Gott sie nach Last Chance geschickt habe. Sie merkte, wie ihre Entschlossenheit ins Wanken geriet. Sollte sie einwilligen, die nächsten Wochen zu unterrichten, aber klarstellen, dass man im Herbst einen Ersatz für sie finden müsse?

Bei den nächsten Worten hatte sie jedoch das Gefühl, mit eiskaltem Wasser übergossen zu werden. Sie bestärkten ihren Entschluss, sich von diesem attraktiven Rancher nicht umstimmen zu lassen. „Sie müssen auch nicht alle achtundvierzig Fächer unterrichten“, versicherte er ihr nämlich. „Die älteren Schüler helfen Ihnen und fragen die kleineren Kinder ihren Lernstoff ab.“

Meredith Rose keuchte. „Achtundvierzig Fächer?“

Brit schaute sie überrascht an. „Natürlich. Sechs Fächer mal acht Klassen macht achtundvierzig.“ Er zählte sie an seinen kräftigen Fingern ab. „Lesen, Schreiben und Rechnen; Rechtschreibung, Geschichte und Geografie. Wenn Sie natürlich Kunst und Musik und Theater dazunehmen, wird es wesentlich mehr Arbeit werden.“

Meredith Rose sank müde auf einen Stuhl. Acht Klassen in einem einzigen Schulzimmer? Sechs Fächer für jede Klasse? „Wesentlich mehr

Arbeit", wenn sie Kunst und Musik und Theater dazunähme? In nur wenigen kurzen Wochen waren aus den Hochzeitsglocken Schulglocken geworden! Am liebsten hätte sie sich ganz undamenhaft die Haare gerauft und mit der nächsten Postkutsche die Stadt wieder verlassen.

Kapitel 7

Wie wollen Sie wissen, dass Gott Sie nicht hierher in diese Schule geschickt hat? Brit Farleys herausfordernde Worte hallten in Meredith Rose Macraes Kopf wider. Marcus war ihr auch keine Hilfe. „Versuche es doch einfach, Schwesterherz“, sagte er. „Die Kinder hier haben ein Recht, etwas zu lernen. Und du kannst unterrichten. Eigentlich ist es doch ganz einfach.“ Seine Augen wurden so dunkel wie der Nachthimmel über Idaho. „Außerdem können wir das Geld gut brauchen.“

Meredith Rose stutzte. „Sind wir so knapp bei Kasse?“

„Bis jetzt kommen wir ganz gut zurecht, aber mein Gehalt ist zum Teil von den Spenden abhängig. Und wenn du unterrichtest, würdest du nicht nur etwas Geld verdienen, dir würde auch nicht langweilig werden.“ Er wies durch ihre Wohnung. Obwohl sie verglichen zu ihrem Bostoner Haus schlicht war, waren das kleine Wohnzimmer und die Küche mit den zwei kleinen Schlafzimmern gemütlich. Die billigen, aber fröhlichen Vorhänge, Teppichläufer, selbstgeschreinerten Möbel und das knisternde Feuer im kleinen Kamin verbreiteten Wärme und Gemütlichkeit. „Du wirst bestimmt nicht viel Zeit mit Hausarbeit verbringen!“

Meredith Rose öffnete den Mund, um entrüstet jede Absicht abzustreiten, in Last Chance zu unterrichten, schloss ihn aber schnell wieder. Wenn sie Marcus überreden könnte, von hier fortzugehen, würden sie Geld brauchen, bis er anderswo eine Anstellung fände. Selbst die kleine Summe, die sie in den wenigen Wochen verdienen würde, die in diesem Schuljahr noch blieben, wäre eine Hilfe. „Ich … ich denke darüber nach“, versprach sie, auch wenn sie sich bei diesem Gedanken innerlich sträubte.

Ein polterndes Klopfen ertönte an der Tür zu ihrer Wohnung. Meredith Rose kochte innerlich vor Ärger. Hatten sie und Marcus hier denn überhaupt keine Privatsphäre?

„Hier ist Katie Reilly", rief eine Stimme. „Herr Pfarrer, wir brauchen Ihre Hilfe."

Marcus riss die Tür auf. Katie trat aufgeregt ein und hielt ihm den kleinen Jungen hin, den sie auf den Armen trug. Blut lief aus der Schulter des Kindes, durchnässte sein Flanellhemd und tropfte nach unten. „Das ist Sammy, mein Jüngster. Ich habe ihm gesagt, dass er nicht auf die Straße gehen soll." Sie schluckte. „Aber er hat nicht auf mich gehört. Und dann hat ihn ein Pferd getreten."

„Das war nicht meine Schuld, Katie. Ehrlich." Der graubärtige, alte Mann, der Katie ins Haus gefolgt war, sah aus, als würde er jeden Moment in Tränen ausbrechen. „Er lief aus dem Café und lag plötzlich vor mir. Mein Pferd hat versucht, über ihn hinwegzuspringen, aber sein Huf hat Sammy getroffen."

„Ach, Ma, ich werde schon nicht sterben", protestierte der rothaarige Bengel. Er wand sich und starrte Marcus an. „Brit Farley sagt, dass Sie Leute wieder gesund machen können." Meredith Rose staunte über das tiefe Vertrauen und die Bewunderung in Sammys Augen.

„Schauen wir mal, was wir tun können." Marcus löste Katies Finger von der Schulter ihres Sohnes und setzte den Jungen auf den Küchentisch. „Bring mir bitte meine Arzttasche", bat er seine Schwester und schob das blutgetränkte Hemd von Sammys dünnem Körper. „So schlimm ist es nicht, Mrs Reilly. Sehen Sie?" Er zeigte ihr die Wunde. „Das wird jetzt brennen, Sammy." Marcus tränkte die Wunde mit Jod.

Sammy verzog das Gesicht zu einem furchtbaren Runzeln, aber keine Träne trat aus seinen Augen. Er bedachte Marcus mit einem ängstlichen Grinsen durch seine Zahnlücke. „Sie sagen den Leuten, dass ich nicht geweint habe, ja? Männer weinen nicht, wenn sie schon fast sechs sind."

Meredith Rose war hin und her gerissen, ob sie lachen oder das Kind in die Arme nehmen und an sich drücken sollte. Sie biss sich auf die Lippe, als Marcus ihm feierlich versprach, dass jeder erfahren würde, wie tapfer Sammy gewesen war. Er beendete seine Arbeit, legte einen weichen Verband über die Wunde und band ihn in einem schicken Knoten zusammen. „Fertig."

„Danke." Sammy rutschte vom Tisch und schaute Meredith Rose an.

„Hey, Sie sind hübsch. Sind Sie meine neue Lehrerin? Ich habe gehört, wie Brit Farley meiner Ma sagte, dass er Sie …"

Eine kräftige Hand legte sich auf den Mund des Kindes. „Männer belauschen die Gespräche von anderen Leuten nicht, und wenn sie es doch tun, erzählen sie das, was sie gehört haben, nicht weiter", ermahnte ihn seine Mutter.

Warum muss Katie Reilly Sammy ausgerechnet jetzt zu besseren Manieren erziehen?, fragte sich Meredith Rose. Sie würde nur zu gern hören, wie Brit Farley sie überreden wollte, in seiner Stadt zu unterrichten!

„Wie viel bin ich Ihnen schuldig?", fragte Katie Marcus.

„Nichts. Ich bin kein richtiger Arzt."

Katie erwiderte unter Tränen: „Vielleicht nicht, aber wir sind so froh, dass Sie hier sind." Sie führte Sammy hinaus.

„Das gilt für uns alle." Der alte Mann hielt ihm seine von der Arbeit gegerbte Hand hin. „Ich bin Charley January. Willkommen in Last Chance."

Jetzt, da die Krise vorbei war, hatte Meredith Rose Zeit, ihn zu betrachten. Grobe, aber saubere Kleidung. Freundliche Augen in einem bärtigen Gesicht. „Sind Sie Goldsucher?", fragte sie.

„Das war ich, bis ich auf Brit Farleys Land Silber gefunden habe." Charleys Brust schwoll vor Stolz an. „Ich und er haben fifty-fifty gemacht. Das ist typisch für ihn! Er war mir dankbar, dass ich ihm geholfen habe, sein Blockhaus zu bauen. Sie müssen uns einmal besuchen kommen." Er schüttelte kräftig Marcus' Hand und wollte ihn gar nicht mehr loslassen.

Meredith Rose sah, wie ihr Bruder unauffällig die Finger streckte, als Charley ihn endlich wieder losließ. Offensichtlich hatten das Alter und die Arbeit die Kraft in Charley Januarys knorrigen Händen nicht gemindert. Ihr gefiel der ruhige Blick in seinen Augen. Spontan sagte sie: „Möchten Sie eine Tasse Kaffee, Mr January?"

Er strahlte. „Ich bin einfach nur Charley, und danke, sehr gern."

Zwei Stunden und unzählige aufregende Geschichten später – in denen fast immer Briton Farley der alles überragende, überlebensgroße und unglaubliche Held war – verabschiedete Charley sich, wenn auch offensichtlich nur sehr widerwillig. Meredith Rose starrte Marcus an. „Das ist also Last Chance, wo alles passieren kann und wo offenbar auch alles passiert!"

„Wir wussten, dass es anders werden würde."

„Anders?" Ihr fröhliches Lachen erfüllte das ruhige Zimmer. „Ich hatte bis heute keine Ahnung, was dieses Wort bedeutet!"

Als sie schon lange im Bett lag und die strahlenden Sterne am dunklen Nachthimmel betrachtete, fragte sich Meredith Rose immer noch, was an Briton Farley ein solches Vertrauen bei einem alten Goldsucher und einem kleinen Kind wie Sammy auslöste – Sammy, dessen unschuldige Frage „Sind Sie meine neue Lehrerin?" eine Saite in ihrem Herzen zum Schwingen gebracht hatte, die durch den Verrat ihres früheren Verlobten verstummt gewesen war. Vielleicht wäre es doch nicht so schlecht, ein paar Wochen zu unterrichten.

Am nächsten Tag ließ Meredith Rose Brit ausrichten, dass sie die Stelle als Lehrerin annähme. Nur wenig später erschien er an ihrer Tür. Die tiefe Dankbarkeit in seinen bernsteinfarbenen Augen ließ ihr Herz so hoch schlagen, wie sie das bei Herbert Calloway nie erlebt hatte.

„Sie können nicht ahnen, wie viel mir das bedeutet", sagte er zu ihr. „Ich danke Gott im Himmel. Übrigens komme ich am Montagmorgen in die Schule und stelle Sie den Schülern vor." Sein träges Grinsen und seine hochgezogene Augenbraue konnten die Flamme, die in Meredith Roses Herz entzündet war, nicht auslöschen.

Sie verbrachte den ganzen Samstag damit, das Material in den Schulbüchern, die Brit ihr gebracht hatte, eilig durchzuschauen. Er hatte sich bei Sadie Reilley erkundigt, der einzigen Achtklässlerin in diesem Schuljahr, und gab ihr eine ausführliche Liste von den fünfzehn Schülern und wo jeder von ihnen in seinem Schulstoff stand. Das war für sie eine große Hilfe.

„Ich muss jetzt nur dafür sorgen, dass ich ihnen einen Schritt voraus bin", sagte Meredith Rose zu Marcus.

„Das schaffst du bestimmt, Schwesterherz." Ihr Bruder runzelte die Stirn. „Die Frage ist eher, ob *ich* meiner Gemeinde einen Schritt voraus bleiben kann! Nach allem, was ich höre, kennen sie ihre Bibel in- und auswendig, besonders Brit Farley." Er konzentrierte sich wieder auf seine Bücher.

Meredith Rose murmelte: „Das ist also sein Geheimnis!", aber nicht so laut, dass ihr Zwillingsbruder sie gehört hätte. Sie brauchte es nicht, dass Marcus sie wegen ihres Interesses an dem gutaussehenden Stadtgründer verspottete. Dafür sorgte schon ihr widerspenstiges Herz.

Marcus Macrae hätte sich wegen seiner ersten Predigt in Last Chance keine Sorgen zu machen brauchen. Nach langem Gebet wählte er Matthäus 13,44 für seinen Text: „Das Himmelreich gleicht einem Schatz, verborgen im Acker, den ein Mensch fand und verbarg; und in seiner Freude ging er hin und verkaufte alles, was er hatte, und kaufte den Acker."

Ein überraschtes Raunen ging durch das vollbesetzte Schulhaus, das am Sonntag in eine Kirche verwandelt worden war. Viele nickten. Das konnten sie verstehen! Sie waren darauf angewiesen, einen Schatz zu finden. Der Bergbau ernährte die Familien, förderte die Geschäfte in der Stadt und sorgte dafür, dass die Leute ein Dach über dem Kopf und etwas anzuziehen hatten.

Fast eine ganze Stunde fesselte Marcus die Aufmerksamkeit der Männer, Frauen und Kinder, die gelernt hatten, dass die Kirche ein Ort war, an dem man zuhörte und sich nicht nur unterhalten ließ. Er schloss mit Lukas 12,34: „Denn wo euer Schatz ist, da wird auch euer Herz sein."

Nach einem kurzen Schweigen fragte er leise: „Wo ist dein Schatz? Dein Herz? Wenn es nicht bei unserem himmlischen Vater ist, ist alles Silber und Gold der Welt wertlos." Er beugte den Kopf. „Herr, wir danken dir für deine Liebe und dafür, dass du uns deinen Sohn geschenkt hast. In Jesu Namen – Amen."

Das *Amen* der Gemeinde erfüllte den Raum und hallte von den Wänden und der Decke wider. Dann stand Brit Farley auf. „Pastor Marcus besteht darauf, dass während des Gottesdienstes keine Kollekte eingesammelt wird." Er schüttelte den Kopf. „Das klingt in meinen Ohren ziemlich ungewohnt, aber er sagt, dass die Bibel uns auffordert, so zu geben, dass die anderen es nicht sehen." Er hielt einen Mehlsack hoch. „Für alle, die ihren Zehnten oder ein Opfer geben können und wollen, hängt dieser Sack sonntags hinten im Raum. Niemand, nicht einmal unser Pfarrer oder die Diakone, wird wissen, wer wie viel gibt." Er schritt durch den Mittelgang und hängte den Sack an einen Nagel.

Meredith Rose hörte ein missbilligendes Knurren von Ignatius Crane. Er hatte sich direkt hinter sie gesetzt. Während des gesamten

Gottesdienstes hatte sie seinen durchbohrenden Blick zwischen ihren Schulterblättern gefühlt. Offensichtlich fand diese neue Regelung nicht seine Zustimmung. Wenn sie wetten würde, hätte sie gewettet, dass es der Höhepunkt von Ignatius' Woche war, seine Opfergabe demonstrativ für alle sichtbar auf den Teller zu legen!

Die Leute fingen an, ihre Sachen zusammenzupacken, als Brit sagte: „Die Schule beginnt morgen um acht Uhr. Miss Macrae ist unsere neue Lehrerin."

Ein herzlicher Applaus folgte. Die neue Lehrerin wünschte, der Fußboden würde sich unter ihr auftun und sie verschlingen. Sie hatte gehofft, sie könnte ohne großes Aufsehen anfangen zu unterrichten. Diese Hoffnung hatte sich offensichtlich nicht erfüllt. „Ich werde da sein und Sie ein paar Tage beobachten", sagte eine ungebetene Stimme in ihr Ohr.

Meredith Rose fuhr herum. „Das wird nicht nötig sein, Mr Crane", sagte sie mit ihrer eisigsten Stimme. „Ich bin sicher, dass ich auch ohne Ihre Einmi... ohne Ihre Hilfe unterrichten kann."

Er grinste hämisch. „Trotzdem werde ich da sein. Wir hatten bis jetzt mit unseren Lehrern Pech. Als Mitglied des Schulausschusses werde ich darauf achten, dass unsere Kinder anständig unterrichtet werden."

Sie warf Brit, der in seinem Sonntagsanzug noch besser aussah als sonst, einen flehenden Blick zu.

„Wenn Miss Macrae Zeit hatte, sich einzugewöhnen, wird sie die Mitglieder des Schulausschusses sicher gern zu einem Besuch einladen", sagte er leichthin. Er lächelte, aber wieder spürte Meredith Rose seine Bereitschaft, zuzuschlagen, falls das nötig sein sollte. „Morgen früh werde ich sie den Schülern vorstellen und dann verschwinden. Sie muss *und wird* in Ruhe gelassen werden. Übrigens wollte ich mit dir sowieso sprechen. Es geht um ..." Seine Stimme wurde leiser, als er Ignatius wegführte und die neue Lehrerin mit großer Dankbarkeit zurückließ.

Ab dem Augenblick, in dem Meredith Rose am nächsten Morgen die Schulglocke läutete und dann ihren Platz hinter dem Lehrerpult einnahm, wurde sie selbst von den ungehorsamsten Schülern bewundert.

Sie schrieb diesen Respekt Brit Farleys Warnung zu, dass er sich die Kinder vorknöpfen würde, falls sie der neuen Lehrerin Probleme bereiteten. Und Sammy Reilleys lautem Lob, wie gut der Pfarrer-Doktor seine Schulter „geheilt" habe. Jedenfalls ertappte sich die junge Frau dabei, dass sie sich tatsächlich auf jeden neuen Tag freute und Wege suchte, wie sie ihre Schüler für den Unterricht interessieren könnte.

Sie entdeckte außerdem, dass ihr Herz jedes Mal wie eine Kriegstrommel hämmerte, sobald Brit Farley in ihr Schulzimmer trat – obwohl sie sich geschworen hatte, es nie wieder einem Mann zu schenken. Sie fand es amüsant, wie viele fadenscheinige Ausreden er benutzte, um kurz vor dem Ende des Schultages auf Nez Percé angeritten zu kommen. Manchmal wollte er sich vergewissern, dass sie genug Schulmittel hatte. An anderen Tagen wollte er wissen, welche Fortschritte dieser oder jener Schüler machte. Meredith Rose freute sich auf seine kurzen Besuche. Als das Schuljahr dem Ende entgegenging und der Sommer näher rückte, hatte Brit jede Menge Arbeit auf seiner Ranch und mit dem Silberbergwerk. Sie sah ihn außer sonntags in der Kirche nur noch selten und manchmal nicht einmal dort. Gerüchte über Schwierigkeiten in anderen Gegenden erreichten Last Chance: Geschichten von Bergarbeiterstreiks, die gewaltsam endeten. In Wallace, Idaho, hatte es vor einigen Jahren Probleme gegeben. Während eines Bergarbeiterstreiks waren die Spannungen gewachsen. Auf einer freien Fläche in der Nähe der Geschäfte hatten Soldaten ihre Zelte aufgeschlagen, um dafür zu sorgen, dass der Frieden erhalten blieb.

„Gott bewahre, dass so etwas auch nach Last Chance kommt!", bemerkte Marcus gegenüber seiner Schwester.

Sie bekam Angst. Wäre Brit in Gefahr, falls es dazu kommen sollte? Von einem Herzschlag auf den anderen erkannte sie die Wahrheit: Sie machte sich aus Briton Farley viel mehr, als sie zuzugeben bereit war. Sie wollte es sich nicht einmal selbst eingestehen. In der Privatsphäre ihres Zimmers schalt sie sich streng: „Was hast du, eine Dame aus Boston, mit einem Rancher aus dem Westen zu schaffen? Zwischen euch liegen Welten; eine Kluft, die breiter ist als die vielen Meilen, die Massachusetts und Idaho trennen. Er könnte nie Teil deiner Welt sein."

Aber du könntest ein Teil seiner Welt sein, flüsterte eine Stimme.

Meredith Rose lachte verächtlich. Sie sollte sich in Last Chance als Frau eines Ranchers und Bergwerkbesitzers niederlassen? Niemals! Brit

Farley hatte sein Blockhaus zwar mit allem möglichen Luxus ausgestattet. Es gab dort sogar frisches Wasser aus einem Bach, der in der Nähe vorbeifloss. Aber es war trotzdem ein primitives Haus in der Wildnis, die sie einerseits durch ihre Schönheit anzog, andererseits aber durch das Fehlen aller Annehmlichkeiten, die sie ihr ganzes Leben lang gewohnt gewesen war, abschreckte.

Dieses Haus könnte mit dem Schönsten gefüllt werden, das es gibt, mit Liebe, ließ die Stimme nicht locker. *Stell dir nur vor, wie Brit Farley am Ende des Tages zu dir nach Hause kommt. Stell dir vor, wie du ihn an der Tür erwartest und er dich zur Begrüßung küsst. Stell dir vor, wie er dich in seine starken Arme nimmt und dich vor den Stürmen des Lebens beschützt. Stell dir vor, wie du Brits Kinder zur Welt bringst: einen Jungen mit hellbraunen Haaren und den bernsteinfarbenen Augen seines Vaters; eine dunkelhaarige Tochter, die wie du aussieht. Wie du sie in Gottes Wort unterweist, damit sie seine Kinder sind. Marcus liebt diesen Ort, und die Menschen unterstützen ihn mit großzügigen Spenden. Warum wehrst du dich so sehr dagegen, Meredith Rose?*

„Selbst wenn ich meine Gefühle gegenüber Last Chance überwinden könnte, wäre ich für Brit nie mehr als nur die zweite Wahl, die er nimmt, weil ich ihn an die Frau erinnere, die ‚ihm einmal alles bedeutet hat'“, widersprach sie und erinnerte sich an die Traurigkeit in seinen Augen, als er ihr erklärt hatte, warum er sie anstarrte. Von den widersprüchlichen Bildern, die an die Tür ihres Herzens klopften, hin und her gerissen, weinte sich Meredith Rose in den Schlaf. Sie dachte daran, was hätte sein können, wenn Brit nicht klargestellt hätte, dass sein Herz immer noch seiner ersten Liebe gehörte.

Kapitel 8

Die leise Stimme, die Meredith Rose zugeflüstert hatte, hatte recht. Marcus hatte sich in Idaho verliebt. Er liebte die unzähligen Stunden, die er damit verbrachte, die Menschen zu besuchen und ein Zeuge für seinen Herrn zu sein und denen zu helfen, die krank waren oder an verschiedenen Verletzungen und Gebrechen litten. Last Chance war seine Heimat geworden.

Als Zeb Perry und seine Frau mit ihrer Tochter Alice nach Last Chance zogen, wuchs Marcus' Freude noch mehr. Alice, eine bescheidene, junge Frau, aus deren hellem Gesicht eine Güte strahlte, die von innen kam, faszinierte Marcus, wie das noch keine Frau bisher gekonnt hatte. Er war klug genug, sich Zeit zu lassen, hatte aber das Gefühl, dass Gott aus einem bestimmten Grund seine Schritte und die der Perrys in das abgelegene Bergbaustädtchen geführt hatte. Wenn er dem Blick in den blauen Augen, die unter Alices einfachem Hut zu ihm aufblickten, glauben durfte, machte sie sich auch etwas aus ihm.

Aber Marcus' wachsende Liebe hatte einen bittersüßen Beigeschmack. Wie würde Merry reagieren, wenn er ihr gestand, dass er nichts lieber wollte, als die süße Alice zu heiraten und den Rest seiner Tage an einem Ort zu leben, den seine Zwillingsschwester verabscheute? Würde das bedeuten, dass sie sich trennen müssten? Bei diesem Gedanken wurde ihm ganz elend zumute. Warum steuerte er auf eine Weggabelung zu und müsste sich wahrscheinlich bald zwischen der Frau, die er gern heiraten würde, und Merry, die seit seiner Geburt seine andere Hälfte war, entscheiden? Auch wenn sie mit dem Unterrichten eine erfüllende Aufgabe gefunden hatte, spürte Marcus, dass seine Schwester ebenfalls nur den richtigen Zeitpunkt abwartete – den Zeitpunkt, an dem sie ihn überreden könnte, aus Last Chance wegzugehen.

Als sie eines Abends zu einem bewaldeten Hügel am Rand der Stadt spazierten, um zuzuschauen, wie die untergehende Sonne hinter einem hohen, grünen Hügel verschwand, sprach Meredith Rose ihn direkt darauf an: „Du bist in Alice verliebt. Willst du sie heiraten?"

Marcus redete nicht um den heißen Brei herum. „Ja, so Gott will."

Das Abendrot am Himmel, das sich auf ihrem Gesicht widerspiegelte, konnte die Einsamkeit in ihren Augen nicht verbergen, aber sie sagte ruhig: „Ich freue mich für dich."

„Was ist mit dir, Merry? Wirst du hierbleiben? Unsere Schule braucht immer noch eine Lehrerin." Er wagte nicht hinzuzufügen, dass ein gewisser Rancher und Bergbaubesitzer sie auch brauchte. Weder Brit noch Merry hatten ihre immer stärkeren Gefühle füreinander vor ihm verbergen können. Sie waren entfacht worden, als sie damals aus der Postkutsche gestiegen war. Brit wäre gut für seine Zwillingsschwester, dachte Marcus. Stark genug, um ihren eigenwilligen Geist zu zügeln – das hatte er unter Beweis gestellt, als er sie überredet hatte, hier zu unterrichten – aber er war gleichzeitig sanft genug, um sie zu schätzen und zu lieben.

Ihre Schultern sackten nach unten. „Ich weiß. Der Schulausschuss hat mich gebeten zu bleiben."

„Ich hoffe, du sagst ja." Marcus holte tief Luft und versetzte ihr dann einen Schlag, von dem er wusste, dass er ihre Träume zerschmettern würde. „Merry, wenn du von hier weggehst, kann ich nicht mitkommen. Ich gehöre hierher."

„Du wirst Alice heiraten, und für mich ist dann kein Platz mehr." Sie hob eine Hand, um seinen Widerspruch abzuwehren. „Die Stadt wird euch ein Haus bauen. Wenn ich nicht weiter unterrichte, kann ich nicht länger im Schulhaus wohnen." Ihre blauen Augen funkelten. „Marcus, selbst wenn das bedeuten sollte, dass ich dich nie wieder sehe, werde ich nicht bei dir und Alice wohnen. Ich werde nicht die alte Jungfer sein, die du als Klotz am Bein hast und über die die Leute hinter ihrem Rücken lachen!" Sie drehte sich schwungvoll um, sodass ihre rosa Musselinröcke raschelten, und lief davon. Ihr Zwillingsbruder schaute ihr schweren Herzens nach. Er wusste, dass nur Gott ihm und Merry helfen könnte.

Zwei furchtbare Tage lang vermieden Marcus und Meredith Rose das Thema, das ihnen nicht aus dem Kopf ging. „Herr, ist es falsch zu beten, dass sie ihre Meinung ändert?“, fragte er immer wieder. „Ich kann den Gedanken nicht ertragen, dass wir voneinander getrennt werden.“ Ein Vers aus der Bibel Markus 10,7 kam ihm in den Sinn: „Darum wird ein Mann seinen Vater und seine Mutter verlassen und wird an seiner Frau hängen.“

„Ich weiß, Herr“, sagte Marcus traurig. „Aber der Gedanke, dass Merry in eine Postkutsche steigt und aus meinem Leben verschwindet, ist mehr, als ich ertragen kann.“

Noch bevor sie irgendetwas klären konnten, überschattete die Ankunft von zwei unangenehmen Fremden in der Stadt die persönlichen Probleme der Zwillinge. Die Fremden kamen mit der Absicht, die Bergleute aufzustacheln, gegen die Eigentümer der Silbermine von Last Chance zu streiken. Brit Farley und Charley January. Brit erfuhr durch Katie Reilly von ihrem geheimen Treffen. Sammy war in der Hoffnung, jemand habe vielleicht eine Münze fallen gelassen, unter einen Tisch in Katies Restaurant gekrochen.

„Sie haben mich nicht gesehen“, erklärte er seiner Mutter. „Sie haben gesagt, dass sie die Bergarbeiter dazu bringen wollen zu streiken und dass sie Brit Farley zeigen wollen, wer in der Stadt das Sagen hat.“ Er ballte seine schmutzigen Hände zu kleinen Fäusten. „Das sollen sie nur versuchen!“

Brit und Charley wiederholten Sammys Worte, als Katie ihnen das ausrichten ließ. Sie platzten in die Versammlung, die unter einigen Bäumen am Stadtrand abgehalten wurde, und stellten die Unruhestifter zur Rede. „Wir reden mit *unseren Männern* – aber nicht mit solchen wie euch“, knurrte Brit.

„Das haben wir ihnen schon gesagt“, rief ein loyaler Bergarbeiter. Ein zustimmendes Murren ging durch die Menge. „Wir sind heute nur gekommen, um uns anzuhören, was sie zu sagen hatten. Ihr habt uns immer fair und gerecht behandelt. Wir sind zufrieden, so wie es ist.“

Charley deutete zur Straße, die aus der Stadt führte. „Verschwindet.“ Ein Grinsen zog über sein bärtiges Gesicht. „Ihr könnt sagen, dass das eure letzte Chance ist.“

Die Unruhestifter suchten so schnell das Weite, als wäre es wirklich ihre letzte Chance, gefolgt von den lauten Rufen der Männer, die sie für leichte Beute gehalten hatten.

Als Meredith Rose von dem Vorfall hörte, staunte sie über die Loyalität der Arbeiter. Für einen winzigen Augenblick versuchte sie sich vorzustellen, Herbert Calloway würde eine solche Treue auslösen. Dieser Gedanke war so abwegig, dass sie lachte, bis ihr die Tränen kamen. Wieder war sie von Herzen dankbar, dass sie den Tanzlehrer nicht geheiratet hatte. Manchmal konnte sie sich kaum noch erinnern, wie er aussah. Boston und ihr früheres Leben schienen lang vergangen und weit weg zu sein. Das Leben in Last Chance war vielleicht rau, aber man konnte es beim besten Willen nicht langweilig nennen.

Die Kleinstadt bereitete sich voll Vorfreude auf den Unabhängigkeitstag am 4. Juli vor. Am 1. Juli hielt Sammy Reilly seine Lehrerin mitten auf der Straße an und fragte: „Haben Sie schon gehört, was am 4. Juli alles los ist? Jedes Jahr gibt es draußen beim Bergwerk ein Picknick." Seine roten Haare wehten im warmen Nachmittagswind. „Es gibt so viel Essen, wie Sie es noch nie gesehen haben!" Er verdrehte die Augen und leckte sich die Lippen. „Hähnchen und Kuchen und Torten und Limonade und alles mögliche andere Zeug. Es gibt auch Spiele, und am Abend wird der ganze Himmel von einem Feuerwerk erhellt." Sammy tanzte vor Aufregung um sie herum. „Ich kann es kaum erwarten!"

„Ich schätze, wir müssen aber warten", sagte Meredith Rose ihm.

Er kam näher zu ihr und schaute in ihr Gesicht hinauf. „Werden Sie im nächsten Schuljahr wieder meine Lehrerin sein? Meine Ma sagt, dass sie das sehr hofft, und wenn Brit Farley Sie gehen lässt, dann ist er wirklich dumm. Das ist er nicht, oder?"

Das Flehen in den Augen des Kindes veranlasste Meredith Rose, eine Entscheidung zu treffen, die seit mehreren Tagen langsam in ihr gewachsen war. Sie konnte Last Chance nicht verlassen. Es war nicht richtig, ihren Zwillingsbruder um Geld zu bitten, das die Gemeinde für seinen Lebensunterhalt gespendet hatte. Und mit dem wenigen Geld, das sie selbst verdient hatte, würde sie nicht weit kommen. Wenn sie das ganze Winterhalbjahr bliebe und alles sparte, was sie verdiente, hätte sie ein kleines finanzielles Polster. „Nein, Sammy. Mr Farley ist nicht dumm. Und ich bleibe deine Lehrerin."

Er packte ihre Hand und drückte sie begeistert. Dann stieß er einen Jubelschrei aus und raste davon. „Hey, Ma, die Lehrerin sagt, dass Brit nicht dumm ist und dass sie bleibt!" Seine Stimme war überall auf der staubigen Straße zu hören.

Katie Reilly erschien an der Tür ihres Cafés. „Das ist wirklich eine sehr gute Nachricht. Nicht wahr, Brit?"

Zu Meredith Roses Bestürzung folgte das große, bekannte Stadtoberhaupt Katie aus dem Café. „Was? Dass ich nicht dumm bin oder dass Miss Macrae bleibt?"

„Beides, du begriffsstutziger Kerl", erwiderte Katie. Sie schnupperte. „Meine Güte, meine Kekse verbrennen!" Sie drängte sich an Brit vorbei und lief wieder ins Haus.

Meredith Rose hatte keine Chance, dem Mann zu entkommen, der zielstrebig auf sie zu marschierte. Sie wusste, dass sie Brit Farley ihre Entscheidung mitteilen müsste, aber warum musste er ausgerechnet auf diese Weise erfahren, dass sie hierblieb? Noch bevor ihr eine lockere Bemerkung einfiel, blieb er vor ihr stehen und ein breites Lächeln zog über sein gebräuntes Gesicht. Im nächsten Augenblick ergriffen seine kräftigen Arme sie an den Ellbogen. Er hob sie von den Füßen und schwang sie im Kreis. Ihr dünner, weißer Rock blähte sich im Wind auf. „Das ist die beste Nachricht, die diese Stadt je gehört hat", jubelte Brit. „Miss Meredith Rose Macrae, ich liebe Sie!"

Ihr Herz schwebte. Meinte er das im Ernst? Meinte er es wirklich ernst? *Sei nicht albern,* sagte sie sich. *Er ist nur froh, dass er eine Lehrerin für seine geliebte Stadt hat.* Aber alle noch so vernünftigen Argumente konnten das warme Gefühl, das seine starken Arme bei ihr auslösten, nicht vertreiben.

„So ist das also!", sagte eine anklagende Stimme. „Kein Wunder, dass du mir meine Rechte streitig gemacht hast, als ich sagte, ich habe sie zuerst gesehen!"

Brit stellte Meredith Rose ab, ließ aber eine Hand beschützend auf ihrem Arm liegen. Sie drehte sich um und keuchte entsetzt. Ignatius Crane hatte die Gabe, immer zur falschen Zeit aufzutauchen. Sie spürte, wie Brits Hand ihren Arm fester umfasste, und staunte über seine

Selbstbeherrschung, als er sagte: „Ich feiere nur, dass wir jetzt eine Lehrerin für das nächste Schuljahr haben, Ignatius."

Aus den farblosen Augen des Mannes leuchtete Schadenfreude und Genugtuung. Er baute sich selbstgerecht und wichtigtuerisch auf. „Das bezweifle ich. Ich habe die Absicht, dafür zu sorgen, dass der Schulausschuss und die Eltern unserer Kinder von diesem schockierenden öffentlichen Auftritt erfahren." Er streckte das Kinn, dass er aussah wie ein gerupftes Huhn. „Wie der Lehrer, so die Schüler, sage ich immer."

Brit ließ Meredith Rose so plötzlich los, dass sie taumelte und fast zu Boden fiel. In den ganzen Wochen, die sie ihn inzwischen kannte, hatte sie ihn noch nie so gesehen. Wehe diesem Ignatius! Er hatte einen schlafenden Berglöwen geweckt.

Brit packte den rachsüchtigen Mann am Kragen und hob ihn vom Boden hoch. Er schüttelte ihn, wie ein Hund eine Ratte schüttelt, und stieß ihn dann zu Boden. „Wenn du noch einmal ein Wort gegen Miss Macrae sagst, werde ich höchstpersönlich dafür sorgen, dass du die Stadt auf eine Weise verlässt, die du nie vergessen wirst. Jetzt steh auf und geh mir aus den Augen, bevor ich mich vergesse."

Die Worte *bevor ich mich vergesse* waren für Meredith Rose zu viel. Sie lachte, bis ihr die Tränen kamen. Obwohl sie wusste, dass Ignatius sie dafür noch mehr hassen würde, konnte sie nicht aufhören. Es war einfach zu komisch. Genauso komisch war es, wie ihr früherer Möchtegern-Verehrer nach einem finsteren Blick auf die applaudierende Menge, die sich auf beiden Seiten der Straße gebildet hatte, verschwand.

„Darf ich Sie nach Hause begleiten, Miss Macrae?" Brit wischte sich die Hände ab und grinste. Jede Spur von Ärger war verflogen und seine bernsteinfarbenen Augen funkelten.

„Danke." Sie legte die Hand auf den Arm, den er ihr hinhielt, und erkannte, dass diese Begegnung ihr Bild erschüttert hatte. Sah Brit sie als sie selbst und nicht nur als Abbild der Frau, die er geliebt und verloren hatte? *Bitte, Gott, lass es so sein,* flehte ihr Herz hoffnungsvoll.

Kapitel 9

Briton Farley glitt aus dem Sattel und streichelte Nez Percé. Er trat an den Rand eines Felsvorsprungs und stellte den Fuß auf einen großen Stein. „Jetzt hast du es also getan“, schalt er sich. „Was ist nur in dich gefahren? Wie konntest du nur Merry Macrae mitten in der Stadt umarmen und einfach so herausplatzen, dass du sie liebst?“

Nez Percé stupste ihn an. Brit streichelte dem Falben die weiche Nase. „Die Freude darüber, dass sie hierbleibt, ist keine Entschuldigung“, murmelte er. „Es ist ein Wunder, dass sie nicht schreiend weggelaufen ist und mich für schlimmer als Ignatius Crane hält!“ Sein Gesicht glühte vor Verlegenheit. „Ich hätte es nie gewagt, sie anders anzureden als mit Miss Macrae.“ Er sah ihre schwarzen Haare und ihre blauen Augen vor sich. „Merry. Ein hübscher Name für eine hübsche Frau. Wird sie mir je das Recht geben, diesen Namen zu benutzen?“ Er seufzte. „Ihre unglaubliche Ähnlichkeit mit meiner Mutter hat mich ab der Minute, als sie aus dieser knarrenden, alten Kutsche stieg, gefesselt und fasziniert.“

Die Erinnerung an ein längst vergangenes Gespräch mit seinem Vater kam ihm in den Sinn. *„So Gott will, gibt es vielleicht irgendwo auf dieser Erde noch einmal eine so gute und liebe Frau, wie deine Mutter sie war … Heirate erst, wenn du die Frau gefunden hast, die Gott für dich vorgesehen hat; aber dann lass dich durch nichts aufhalten.“*

Brit seufzte. Er hatte sie gefunden – aber selbst wenn Meredith Rose Macrae eines Tages auch Zuneigung zu ihm empfinden würde, wäre ihre Liebe dann so stark, dass sie ihre Abneigung gegen Last Chance überwinden könnte? Brit beugte den Kopf. „Dein Wille geschehe, Herr.“ Das war eines der schwersten Gebete, das er je gebetet hatte.

Ein leichter Windhauch zog über den Felsvorsprung. Er kühlte das erhitzte Gesicht des schweigenden Mannes und beruhigte den Sturm in seinem Herzen. Selbst wenn zwischen ihm und Meredith Rose nie mehr als Freundschaft wachsen würde, würde er sie trotzdem vor den Ignatius Cranes dieser Welt verteidigen. Er stand auf, schwang sich auf seinen Sattel und lenkte Nez Percé nach Hause.

Der Unabhängigkeitstag brach hell und strahlend an. Ganz Last Chance war auf den Beinen. Anscheinend war jeder aus der Stadt entweder mit dem Pferd oder einem Wagen zu dem „Picknickplatz" unterwegs, wie Sammy sagte. Ein breites Zahnlücken-Grinsen verriet, dass seine Freude vollkommen war, als er sich zwischen seiner Lehrerin und dem „Pfarrer-Doktor" in die Familienkutsche der Reillys setzte. Marcus strahlte genauso glücklich wie der Junge, als Alice Perry einstieg und sich neben ihn setzte.

Meredith Rose war froh, dass sie so klug gewesen war, ein Reitkostüm anzuziehen, um dadurch leichter aus der mit Stroh gefüllten Pferdekutsche aus- und wieder einsteigen zu können. Sie lächelte Sammy an.

„Das ist für uns ein neues Erlebnis", erzählte sie der strahlenden Katie Reilly. „Marcus und ich waren noch nie bei einer Heufahrt."

„Eigentlich ist es eine Strohfahrt", mischte sich Sammy ein. „Heu wird an die Pferde verfüttert. Das hier ist Stroh." Er rief dem großen Mann, der neben ihnen ritt, zu: „Das stimmt doch, oder, Brit?"

„Ja, Sammy, das stimmt", schmunzelte Brit Farley. „Du bist ziemlich klug."

„Das muss ich auch sein." Sammy schaute ihn entrüstet an. „Ich bin fast sieben, und unsere Lehrerin sagt …" Er brach ab und sagte dann angewidert: „Ach, warum muss *er* denn auch kommen?"

Meredith Rose schaute in die Richtung, in die er deutete. Ihre Vorfreude war wie weggeblasen. Ignatius Crane zwang ein Pferd, das genauso armselig und dürr aussah wie sein Reiter, zu einem wackeligen Trab und sah aus, als würde er gleich die Kutsche rammen.

Katie gab einen abfälligen Ton von sich, sagte dann aber schnell: „Sammy, jeder darf den Unabhängigkeitstag feiern."

Sammy schaute finster drein. „Das hat er bis jetzt aber nie gemacht.

Wahrscheinlich glaubt er, er kann sich an die Lehrerin heranmachen. Das kann er aber nicht." Er warf seine dürren Schultern zurück. „Dafür werden ich und Brit schon sorgen. Richtig, Brit?"

Der Blick in Briton Farleys Augen ließ Meredith Roses Herz höherschlagen. Und auch seine ruhige Antwort: „Natürlich tun wir das, wenn Miss Macrae das recht ist."

„Ob ihr das recht ist?" Sammy sprang von seinem Sitz auf. „Natürlich ist ihr das recht! Unsere Lehrerin will nicht, dass dieser lange, dürre Hering um sie herumlungert. Richtig?"

Marcus brach in lautes Lachen aus und zog Sammy wieder nach unten. „Setz dich wieder. Du willst doch nicht aus dem Wagen fallen und dir den Kopf anstoßen." Seine Augen zwinkerten. „Weißt du was? Ich bin mir sicher, dass meine Schwester sehr froh ist, so gute Beschützer zu haben. Richtig, Merry?", ahmte er Sammy nach.

Meredith Rose spürte, wie sie dunkelrot anlief. Sie richtete ihren Blick bewusst auf Sammy und nickte: „Richtig", aber Brit stieß einen so lauten Freudenschrei aus, dass Nez Percé vorne hochstieg. Der zärtliche Ausdruck in Brits Augen machte sie überglücklich. Sie schaute ihren Zwillingsbruder an und wusste, dass er sie verstand. Zum ersten Mal fiel die Mauer, die ihre harten Worte zwischen ihnen aufgerichtet hatten. Meredith Rose beschloss im Stillen, dass sie nie wieder zulassen dürfte, dass Ärger oder Enttäuschung sie auseinanderbrachte.

Die Fahrt zu der Picknickstelle verlief viel schneller, als das gemütliche Traben der Pferde vermuten ließ. Die Welt um sie herum schien Meredith Rose schöner als alles andere, was sie bisher gesehen hatte. Strahlender Sonnenschein wärmte sie. Vögel sangen ihrem Schöpfer Loblieder. Eichhörnchen liefen an den Baumstämmen hinauf und Hasen knabberten am wilden Klee.

Herr, betete sie, *mir ist früher nie aufgefallen, wie wunderbar alles ist. Fühle ich mich wegen Briton Farley so? Plötzlich scheinen die ganzen Hindernisse zwischen uns nicht mehr zu zählen. War das schon dein Plan, bevor ich dich bat, mein Leben zu verändern? Ich könnte hier ewig glücklich und zufrieden sein … falls Brit mich liebt. Hat er das, was er neulich auf der Straße sagte, ernst gemeint? Vielleicht will er doch nicht nur, dass ich bleibe, weil die Kinder eine Lehrerin brauchen.*

Sie starrte auf die Wildrosen am Straßenrand. Alle teuren Blumensträuße, die sie in ihrem Leben bekommen hatte, waren nicht hübscher als die einfachen Blumen, die dort blühten, wo Gott sie hingestellt hatte.

Ein tiefer Friede zog in ihr Herz. Wenn es nach Gottes Willen wäre, würde eines Tages eine Rose auf Briton Farleys Ranch aufblühen. Eine Meredith Rose.

Eine kleine Hand zupfte an ihrem Arm. „Wir sind da, Miss Macrae", grinste Sammy. „Kommen Sie! Ich habe einen Bärenhunger. Und Ma hat gebratene Hähnchen mitgebringt."

Meredith Rose brachte es nicht übers Herz, seine Grammatik zu korrigieren. Dafür wäre im September, wenn das neue Schuljahr begann, noch genug Zeit.

Die Leute machten sich mit großem Appetit über das liebevoll zubereitete Essen her. Meredith Rose stöhnte. „Ich habe seit Jahren nicht mehr so viel gegessen."

„Sie werden es schnell wieder abarbeiten", versprach Brit. „Bald beginnen die Spiele." Er erhob seine Stimme. „Wenn jemand von euch das Bergwerk besichtigen möchte, kann er jetzt mit mir kommen."

„Wir kommen mit." Marcus sprang auf und half Alice Perry ebenfalls auf die Beine. „Wer noch?"

„Wir kommen auch mit", sagten Mr Perry und seine Frau wie aus einem Munde.

„Geht nur alle." Katie Reilly winkte sie davon. „Ich bleibe hier. Ich war schon im Bergwerk." Mehrere andere murmelten Ähnliches, sodass sich nur ungefähr zehn Leute für die Bergwerksführung meldeten. Ignatius Crane setzte eine Leidensmiene auf, murmelte aber, dass es seine Pflicht sei, mitzugehen. Als sie den Eingang zur Mine erreichten, zündete Brit eine Laterne an und ermahnte sie, eng zusammenzubleiben; dann führte er sie hinein.

Zu Meredith Roses Ärger blieb Crane so dicht hinter ihr, dass sie dachte, er würde ihr jeden Augenblick auf die Füße treten. Sie beschloss, diese Klette loszuwerden, und wartete deshalb, bis die anderen an ihr und Sammy vorbei waren und um die nächste Abbiegung verschwunden waren. Das Licht von Brits Laterne wurde schwächer und warf flackernde Schatten auf die rauen, von Balken gestützten Wände.

Sie konnte es nicht erwarten, wieder zu der Gruppe zu kommen, drehte sich aber trotzdem zu Ignatius um und sagte mit einem Ton, der so hochnäsig war, dass ihren beiden Begleitern vor Staunen der Mund offen stand: „Mr Crane, wenn Sie nicht aufhören, mir nachzustellen, werde ich Sie anzeigen." Weswegen sie ihn anzeigen wollte, wusste sie zwar nicht, aber es klang gut. „Sie verfolgen mich seit dem Moment, in dem wir uns das erste Mal begegnet sind. Sie hören damit augenblicklich auf, oder Sie müssen die Konsequenzen tragen!"

Cranes Mund öffnete sich und schloss sich wie bei einem Fisch, der auf dem Trockenen saß, bevor er drohte: „Das werden Sie noch bereuen! Ich bin ein anständiger Mann, und ich habe mir von Ihnen mehr gefallen lassen, als ich ertragen kann." Er legte eine klebrig feuchte Hand auf ihren Arm, und seine Augen leuchteten im Halbdunkeln. „Sie glauben, Sie sind ab September unsere Lehrerin? Aber das können Sie vergessen! Ich werde den Eltern und dem Schulausschuss berichten, wie Sie die Gebote brechen, die Gott uns gegeben hat."

Sammy riss die Hand des Mannes vom Arm seiner Lehrerin weg und rief aufgebracht: „Sie sind verrückt! Miss Macrae hat uns die Zehn Gebote lernen lassen, und sie hat sie nie gebrochen!"

Crane lachte hämisch. „Das zweite Gebot sagt den Menschen ganz eindeutig, dass wir uns keine Bilder machen sollen von dem, was im Himmel oder auf Erden oder im Wasser unter der Erde ist." Er lachte gackernd, dann verschränkte er selbstgerecht die Arme vor seiner Brust. „Ich habe durch das Fenster ins Schulhaus geschaut und gesehen, wie sie Bilder gezeichnet hat und gesagt hat, dass die Jünger so ausgesehen haben könnten wie auf den Bildern. Wir wollen nicht, dass jemand unseren Kindern falsche Sachen beibringt. Wenn Sie natürlich um einiges freundlicher wären, könnte ich das übersehen."

Meredith Rose tat das Schlimmste, was sie in diesem Augenblick tun konnte: Sie kicherte. Wenn Miss Grenadier wüsste, dass ihre frühere Kunstlehrerin beschuldigt wurde, den Kindern von Last Chance falsche Sachen beizubringen! Ihre gute Laune verschwand schlagartig, als sie Cranes Miene sah. Blinde, unerklärliche Angst bemächtigte sich ihrer. Sie packte Sammys Hand und floh in die Richtung, in der die anderen verschwunden waren. Sie eilten um die Ecke. Das helle Laternenlicht war verschwunden, nur ein schwacher Schein aus der Ferne zeigte ihnen den Weg. Die Angst verlieh Meredith Roses Füßen Flügel, aber das Poltern von schweren Stiefeln verriet ihr, dass sie ihrem Verfolger nicht entkommen konnten.

Sammy zog an ihrer Hand, dass sie stehen bleiben musste. „Hier entlang.“ Er zog sie in einen dunklen Gang, der links von ihnen abführte. „Wir können uns hier verstecken, bis er vorbei ist.“

Meredith Rose stolperte hinter ihm her und hoffte, Crane hätte sie nicht abbiegen gehört.

Offenbar hatte er sie aber gehört, denn er rief: „Geht da nicht hinein. Sonst verirrt ihr euch.“

„Ach, das sagt er nur, damit wir stehen bleiben“, flüsterte Sammy. „Kommen Sie, Miss Macrae.“

Sie betete, dass Sammy wusste, was er tat, als sie ihm folgte. Nichts, das vor ihr lag, könnte schlimmer sein als Ignatius.

Kapitel 10

Ohne zu zögern führte Sammy Reilly Meredith Rose Macrae von Ignatius Crane weg und in die Silbermine hinein. „Haben Sie keine Angst wegen der Dunkelheit“, sagte er beruhigend. „Ich passe schon auf Sie auf.“

„Ich bin sicher, dass du das tust.“ Sie strengte ihre Ohren an. Das Geräusch von Cranes Schritten war verhallt. Nie zuvor hatte sie eine solche Stille erlebt wie die, die jetzt an diesem pechschwarzen Ort herrschte. „Äh, Sammy.“ Sie räusperte sich. „Wie kommen wir zurück?“

Seine dünne Hand tätschelte beruhigend ihre Finger. „Keine Sorge. Brit sagt, man muss sich immer den Rückweg merken. Wir biegen zweimal nach links ab und dann zweimal nach rechts.“ Er klang so sicher, dass die Angst, die in Meredith Rose aufstieg, ein wenig abnahm.

„Wie wissen wir, wann Mr Crane fort ist?“

Sammy schnaubte. „Ha! Hier drinnen werden wir ihn nicht sehen. Ich möchte wetten, dass er sich schon hinausgeschlichen hat, damit die anderen nicht wissen, dass er uns Angst gemacht hat. Das hilft ihm aber nichts. Ich werde Brit alles erzählen.“ Er schwieg kurz. „Ich habe Ihnen doch gesagt, dass er und ich auf Sie aufpassen werden.“

Am liebsten hätte sie ihn umarmt, aber das wäre ihm sicher peinlich. „Ich bin dir sehr dankbar“, sagte sie feierlich zu ihm.

Nach einer Zeit, die ihnen wie eine halbe Ewigkeit vorkam, verkündete Sammy: „Wir können jetzt gehen.“ Er nahm ihre Hand und führte sie den Weg zurück, den sie gekommen waren. Bevor sie den Hauptgang erreichten, drangen Brits und Marcus’ Stimmen, die laut ihre Namen riefen, an ihre Ohren.

„Wir sind hier, Brit!“, schrie Sammy und trat mit seiner Lehrerin hinaus.

Die Laterne in Brits Hand zitterte, als er sie hochhielt. „Sammy

Reilly, was zum Kuckuck ist in dich gefahren, dass du mit Miss Merry hier hineingegangen bist?"

Die ganze Tapferkeit und Selbstsicherheit des Jungen waren wie weggeblasen. „Ich ... ich ..."

Meredith Rose wusste, dass Männer oft laut wurden, wenn sie sich Sorgen machten, aber Sammys verzweifeltes Gesicht weckte ihren Zorn. „Briton Farley, Sie sollten Sammy danken und ihn nicht anschreien!"

Ohne auf das Schluchzen zu achten, das in ihrer Kehle aufstieg, baute sie sich vor Brit auf und schaute ihm finster ins Gesicht. „Ignatius Crane hat mich bedroht, und Sammy hat mir geholfen, vor ihm zu fliehen." Das letzte Wort kam nur noch als leises Quietschen heraus, denn Brit legte beide Arme um sie und küsste sie, wie sie noch nie im Leben geküsst worden war. Leidenschaftlich. Zärtlich. Ehrfürchtig.

„Das war das letzte Mal, dass er oder irgendjemand anders dich bedroht hat! Meredith Rose Macrae, ich liebe dich, wie ich noch nie eine Frau geliebt habe. Willst du mich heiraten?" Ohne auf eine Antwort zu warten, küsste er sie wieder.

Sie hatte das Gefühl, endlich nach Hause gekommen zu sein. Ein lautes *Ho-ho* von Marcus und Sammys aufgeregtes: „Oh, Mann! Wenn ich das meiner Ma erzähle!", brachten sie in die Gegenwart zurück und holten sie aus Brits Armen.

„Freue dich nicht zu früh, Junge. Sie hat noch nicht Ja gesagt", erinnerte Brit Sammy. „Frauen haben schon Nein gesagt. Oder es sich später anders überlegt."

Eine schreckliche Erkenntnis zerschmetterte augenblicklich Meredith Roses Glück. Sie trat zurück, ihr Gesicht weißer als Schnee. „War es so mit der Frau, an die ich dich erinnere? Die Frau, die dir a-alles b-bedeutet hat?" Sie ärgerte sich, dass ihre Stimme bei den letzten Worten fast versagte.

Ein trauriges Leuchten sprach aus seinen bernsteinfarbenen Augen. „Merry, diese Frau war meine Mutter. Sie starb, als ich noch ein Kind war."

Schweigen legte sich über die Gruppe, aber nicht lange. Marcus seufzte und bemerkte: „Nun, damit ist die Sache wohl abgemacht, wie die Cowboys zu sagen pflegen." Er schaute zu Alice Perry hinab, deren blaue Augen in dem schwachen Licht riesengroß aussahen. „Wenigstens im Moment." Nicht einmal das schwache Licht konnte die hübsche Röte verbergen, die vom Kragen ihres selbstgenähten Kleides aufstieg.

Sammy erinnerte seine Lehrerin besorgt: „Sie haben noch nicht Ja gesagt."

„Das stimmt." Sie lächelte zu ihm hinab und schaute dann in Brits klare Augen. Was sie darin sah, ließ sie den Kummer und Schmerz, den sie in den vergangenen, langen Monaten ertragen hatte, vergessen. „Ja, Brit, ich heirate dich. Unter einer Bedingung."

Er richtete sich auf, als würde ihm ein Markiereisen in die Haut gebrannt. „Und die wäre?"

Sie wusste, dass Brit dachte, sie würde ihn jetzt bitten, die Stadt, die er liebte und gegründet hatte, zu verlassen und mit ihr nach Boston zurückzugehen. Boston? Boston, das viertausenddreihundert Kilometer und ein ganzes Leben entfernt war. Ohne sich darum zu kümmern, dass sie nicht allein waren, legte sie die Hände auf seine Schultern. „Ich wünsche mir, dass die Schulglocke an unserem Hochzeitstag läutet."

„Ist das alles? Ich dachte ..."

„Ich weiß." Sie stellte sich auf Zehenspitzen und küsste ihn. „Außerdem hätte ich gern eine Weihnachtshochzeit."

Brit legte den Kopf schief. Ein entzücktes Lächeln zog über sein Gesicht. „Das klingt gut. Der Herbstviehtrieb ist dann vorbei und wir haben Zeit für eine Hochzeitsreise."

Sammy hatte genug gehört. „Juhu", schrie er und flitzte so schnell ihn seine Beine trugen aus dem Bergwerk. Seine aufgeregte Stimme hallte bis zu ihnen zurück. „Ma, alle herhören! Brit und die Lehrerin heiraten an Weihnachten!"

Brits Augen funkelten verschmitzt und er schaute Marcus an. „Jetzt müssen wir nur noch Ignatius Crane aus der Stadt jagen und bis zum Dezember warten!"

„Amen dazu!", stimmte ihm Marcus von ganzem Herzen zu. Doch sie wurden um die Genugtuung gebracht, die Gegend von dem unangenehmen Mann zu befreien. Ignatius hatte den Staub von Last Chance von seinen Stiefeln geschüttelt und war mit unbekanntem Ziel verschwunden, noch bevor die Picknickgäste in die Stadt zurückkehrten.

Am Heiligabend brach das Sonnenlicht durch die Dezemberwolken und schien in die Fenster der Wohnung hinter dem Klassenzimmer im Schulhaus von Last Chance. Die Strahlen fielen auf Meredith Rose Macrae in ihrem einfachen, weißen Kleid und Schleier.

Die Stimmen der Leute, die das Klassenzimmer betraten und ihre Plätze für die Hochzeit von „Brit und der Lehrerin" einnahmen, war Musik in den Ohren der Braut, genauso wie das fröhliche Läuten der Schulglocke, die die Schüler sonst in ihren Unterricht und die Gemeinde in den Gottesdienst rief.

Marcus Macrae stand am Fenster und schaute über die Straße zu dem fast fertiggestellten Haus, in dem er und Alice nach ihrer Hochzeit im neuen Jahr wohnen würden. Ein guter Lehrer und seine Familie würden in die Wohnung im Schulhaus ziehen, und im Frühling sollte eine Kirche gebaut werden. Marcus lächelte. „Nun, Schwesterherz", sagte er. „Es ist so weit."

Merry drehte sich mit strahlendem Gesicht zu ihm um. „Wenn du mir das im letzten März erzählt hättest, hätte ich dir nicht geglaubt. Ich habe mit Gott gerungen, Marcus, weil ich dachte, er hätte mein Leben ruiniert. Dabei hat er die ganze Zeit gewusst, wohin ich – wohin wir – gehören." Sie schaute ihn mit einem liebevollen Lächeln an.

„Ich weiß, und ich bin Gott von ganzem Herzen dankbar." Eine tiefe Liebe zu seiner Zwillingsschwester erfüllte Marcus. „Ich könnte dir alle möglichen brüderlichen Ratschläge geben", begann er. „Aber das werde ich nicht. Ich sage dir nur eines: Falls du je deine Lebensgeschichte aufschreibst, kannst du ihr den Titel *Schulgeläut und Hochzeitsglocken* geben. Schließlich bist du eine Schulhausbraut!"

Die Tür wurde weit aufgerissen. Charley January, der Merry durch den Gang zum Altar führen würde, und Sammy Reilly, Brits Trauzeuge, kamen herein. „Die große Feier kann beginnen", sagte Charley mit belegter Stimme. Als Meredith Rose seine frisch rasierte Wange küsste, wurde er knallrot. Sammy gluckste und ging dann mit Marcus hinaus, um Brit zu finden.

Meredith Rose nahm ihren Strauß aus Christrosen in die Hand. Brit hatte gelächelt, als sie gefragt hatte, wie er diese Blumen aufgetrieben hatte; dann hatte er leise gesagt: „Ich habe meine Mittel und Wege."

Sie ergriff Charleys Arm und betrat das Schulzimmer, das so viele angenehme Erinnerungen für sie barg. Doch dann blieb sie überrascht stehen. Duftende Tannenzweige, um die rote Schleifen gebunden waren, umrahmten jedes Fenster. Dicke, weiße Kerzen warfen ein schönes Licht – aber dieses Licht verblasste neben dem Leuchten in den Augen des Mannes, der ihre Zukunft in seinen starken, aber zärtlichen Händen hielt. Was kümmerte sie sich um Satinkleider, kostbare Lilien, Juwelen und vornehme Häuser? Ihr Zuhause war ein gemütliches Blockhaus, das die Stürme des Lebens abhielt. Gott hatte sie und Brit nach Last Chance geführt, um ihnen einen neuen Anfang zu schenken.

Und vorne im Schulzimmer stand Brit und wartete auf seine Braut. Sein Herz sprudelte vor Liebe zu der in Weiß gekleideten Frau, die auf ihn zukam, fast über. Mehr Segen konnte sich kein Mann wünschen. Der Gott, der seinen Sohn in die Welt geschickt hatte, hatte den Wunsch in Briton Farleys Herz erfüllt und ihm wahrhaft frohe Weihnachten beschert.

Weitere neue Himmelsmelodien bei FRANCKE

Kristy Dykes
Sehnsucht des Herzens
Himmelsmelodie – Band 10
ISBN 978-3-86827-146-1
112 Seiten, Paperback

Dr. Jeris Waldron widmet ihr Leben den Kindern – in der Gemeinde oder als Kinderpsychologin. Besonders der kleine Brady erobert das Herz der jungen Witwe. Ganz anders erlebt sie seinen Vater. Ständig geraten die beiden Hitzköpfe aneinander. Aber ist es wirklich nur Abneigung, die zwischen ihnen Funken sprühen lässt?

Kathleen Ybarbo
Liebesglück am Horizont
Himmelsmelodie – Band 11
ISBN 978-3-86827-147-8
160 Seiten, Paperback

Eigentlich macht Architektin Lise in Louisiana nur ihren Job. Doch Bürgermeister Ted Breaux will verhindern, dass Lise die historischen Gebäude seiner Vorfahren durch Geschäftsbauten ersetzt. Wird es den Kontrahenten gelingen, das Kriegsbeil zu begraben und gemeinsam neue Pläne zu schmieden?

Mary Davis
Musik meiner Seele
Himmelsmelodie – Band 12
ISBN 978-86827-148-5
76 Seiten, Paperback

Als Tochter eines Bankräubers erwartet Laurel Rivers nicht viel vom Leben, doch der Pastor gibt ihr eine Chance und stellt sie an. In der Kirche entdeckt Laurel die Musik für sich. Sie findet ein geheimnisvolles Musikstück, das ein Unbekannter täglich um einige Takte ergänzt. Wer ist der Komponist, der so genau weiß, was ihr verwundetes Herz braucht?

JoAnn A. Grote
Mein Herz in der Prärie
Himmelsmelodie – Band 1
ISBN 978-3-86827-065-5
96 Seiten, Paperback

Die junge Schwedin Marin Nilsson hat einen Traum. Sie ist vor kurzem in die Vereinigten Staaten eingewandert und weiß, wie dringend die schwedischen Immigrantenkinder Englischunterricht bräuchten. Wie gerne würde sie die Aufgabe des Unterrichtens übernehmen. Doch Marins Siedlung liegt weit draußen in der Prärie und die nächste Schule ist zu weit entfernt.
Ihr Nachbar Malte Siversson lässt sich dadurch jedoch nicht entmutigen. Er ist davon überzeugt, dass Gott Marin als Lehrerin gebrauchen möchte. Und so schlägt er ihr vor, selbst eine Schule zu gründen. Seit ihrer ersten Begegnung ist er in Marin verliebt, doch sie ist fest entschlossen, ihr Herz niemals der Liebe zu öffnen. Trotzdem hilft ihr Malte bei der Verwirklichung ihres Traumes. Kann seine Liebe ihr verschlossenes Herz erobern?

Kathleen Ybarbo
Ein Kuss zum Kaffee
ISBN 978-3-86827-068-6
Himmelsmelodie – Band 2
96 Seiten, Paperback

Carrie Collins, Reporterin der Austin Times, wittert augenblicklich eine gute Story, als ihr Sitznachbar im Flugzeug ihr von seiner Arbeit berichtet. Ryan ist der Chef einer gemeinnützigen Organisation, die Kaffeeplantagen in Costa Rica aufbaut. Der Gewinn wird angeblich zu hundert Prozent dafür eingesetzt, den Armen des Landes zu helfen. Doch wie passt das mit seiner exklusiven Kleidung und seinem Erste-Klasse-Ticket zusammen? Carrie ist sich sicher, dass bei Heavenly Beans einiges faul ist. Sie beschließt, der Sache auf den Grund zu gehen. Vielleicht gelingt ihr mit einem Enthullungsbericht der lang ersehnte Durchbruch?
Nach und nach gewinnt sie Ryans Vertrauen und sogar seine Freundschaft. Doch was, wenn sie zwischen ihren Gefühlen für ihn und ihrer Story wählen muss? Was, wenn er erfährt, warum sie wirklich an ihm interessiert ist?

Yvonne Lehman
Die falsche Verlobte
Himmelsmelodie – Band 3
ISBN 978-3-86827-066-2
96 Seiten, Paperback

Christa Walsh wird das Opfer einer Verwechslung. Eigentlich wollte sie in dem Dorf hoch oben in den Bergen nur nach Kunsthandwerk für den Laden ihrer Familie suchen. Doch alle halten sie für die Verlobte des Arztes, die nun endlich gekommen ist, um in der Dorfschule zu unterrichten. Und anstatt das richtigzustellen, erwartet der Arzt doch tatsächlich von ihr, dass sie mitspielt! Nur widerstrebend lässt Christa sich darauf ein. Sie verspricht ihm, die Kinder zu unterrichten, bis seine wirkliche Verlobte ankommt. Bald wachsen ihr die Kinder, die kauzigen Bergdorfbewohner und auch der Arzt näher ans Herz als erwartet. Doch was, wenn die richtige Verlobte auftaucht?

Melanie Panagiotopoulos
Sirtaki der Liebe
Himmelsmelodie – Band 4
ISBN 978-3-86827-067-9
160 Seiten, Paperback

Allie Alexander ist Ärztin in Athen. Sie hat die Nase gestrichen voll von der Hektik und Anonymität in dem Krankenhaus, in dem sie arbeitet. Da sie schon immer Landärztin werden wollte, nimmt sie mit Begeisterung eine Stelle im griechischen Hinterland an. Doch dort scheint die Zeit stehen geblieben zu sein. Die Einwohner von Kastro, ihrer neuen Wirkungsstätte, haben einen Mann erwartet. Sie sind nicht gewillt, sich von einer Frau behandeln zu lassen. Dass selbst der attraktive Dorfschullehrer ihr die kalte Schulter zeigt, schmerzt Allie am meisten, spürt sie doch seit der ersten Begegnung eine besondere Verbindung zu ihm.

Sie beschließt, nicht aufzugeben. Schließlich glaubt sie, genau dort zu sein, wo Gott sie haben will. Wird es ihr tatsächlich gelingen, die Herzen der Dorfbewohner – und das des Lehrers – zu gewinnen?

Jeri Odell
Prozessanwälte küsst man nicht
Himmelsmelodie – Band 5
ISBN 978-3-86827-099-0
64 Seiten, Paperback

USA 1884. Die Jurastudenten Annika und Michael sind frisch verlobt. Bis Michael herausfindet, dass Annika für das Frauenwahlrecht kämpft. Nach seiner Schöpfungsauffassung ist das ein Skandal – und ihre Beziehung zerbricht. Jahre später treffen sie sich wieder – als Anwälte gegnerischer Parteien. Doch wie führt man einen Prozess ohne miteinander zu reden? Wohl oder übel setzen sie sich an einen Tisch. Und bald gibt es mehr zu verhandeln als fremde Fälle ...

Jeri Odell
Herz zu versteigern
Himmelsmelodie – Band 6
ISBN 978-3-86827-100-3
80 Seiten, Paperback

So schwer hatte sich Jonica die Gründung ihres eigenen Antiquitätengeschäfts nicht vorgestellt. Doch ihr fehlt die Erfahrung mit Online-Auktionen bei eBay und so zieht sie bei der Jagd nach alten Schätzen immer den Kürzeren. Als sie dann auch noch eine freche E-Mail von dem Kerl bekommt, der ihr die Antiquitäten ständig vor der Nase wegschnappt, ist eine zornige Antwort fällig. Doch nicht immer endet ein Schlagabtausch mit einem blauen Auge – ganz im Gegenteil ...

Melanie Panagiotopoulos
Unter den Sternen Olympias
Himmelsmelodie – Band 7
ISBN 978-3-86827-101-0
112 Seiten, Paperback

Ihr Leben lang hat Martha sich um ihren Vater und die kleine Adoptivschwester gekümmert, für eigenes Liebesglück war da kein Platz. Jetzt, mit 46 Jahren, wagt sie noch einmal den Sprung in ein neues Leben: In Olympia eröffnet sie ein Antiquitätengeschäft. Eines Tages tritt mit Leo ein Mann in ihr Leben, der ihre selbst gewählte Einsamkeit in Frage stellen könnte – wäre da nicht sein großer Wunsch nach einem Kind. Zu spät für sie beide?

Susan K. Downs
Serenade der Herzen
Himmelsmelodie – Band 8
ISBN 978-3-86827-102-7
80 Seiten, Paperback

J.J. Taylor liebt die geruhsame Buchhandlungsfiliale, in der sie arbeitet. Doch mit ihrer Ausgeglichenheit ist es vorbei, als ihr Chef Branson Smythe ein Café in den Musentempel einbaut. Kein Wunder, dass J.J. das Projekt mit aller Macht bekämpft. Als Branson sich ein Bild vom Erfolg seiner Kaffeebar-Idee machen will und inkognito als Musiker auftritt, spielt er sich in das Herz seiner widerspenstigen Angestellten. Aber was wird geschehen, wenn sie erfährt, wer er wirklich ist?